Mit der Pizza kam der Tod

Norbert Fortmann

Mit der Pizza kam der Tod

Bibliografische Information der Deutschen Nationalbibliothek
Die Deutsche Nationalbibliothek verzeichnet diese Publikation
in der Deutschen Nationalbibliografie; detaillierte bibliografische
Daten sind im Internet über http://dnb.d-nb.de abrufbar.

© 2015 Norbert Fortmann
Umschlagdesign, Satz, Herstellung und Verlag:
BoD - Books on Demand
ISBN 978-3-7386-6092-0

Seit einem halben Jahr fragte sich Jörg Mahncke, wer wen ausbeutete. Kaum, dass er 18 Jahre alt geworden war, hatte er diesen Job beim Pizza-Kurier „C" angenommen. Donnertags und freitags fuhr er zwischen 18 Uhr und Mitternacht Pizza und Pasta aus, indem er mit einer dunkelroten Vespa, auf der an den Seiten eine orangefarbene Sonne und der Firmennamen zu sehen war, kalte und heiße Gerichte, Kaltgetränke und sogar Eis in isolierten Gefäßen den Kunden lieferte. Wer Appetit auf italienische Speisen hatte, aber nicht seine Wohnung verlassen wollte, konnte zwischen etwa 20 verschiedenen Pizzen und über 30 Nudel- und Spaghetti-Gerichten wählen und diese per Telefon bestellen. Spätestens eine halbe Stunde später lieferten Jörg oder seine Kollegen alles ins Haus, vorausgesetzt, dass man nicht weiter als etwa 5 km um die Postleitzahl 22179 wohnte. Man konnte natürlich auch auf Termin bestellen; dann kam das Bestellte plus-minus 10 Minuten.

Jörg erhielt etwa acht Euro „cash" die Stunde, wobei eine durchschnittliche Kilometerzahl Grundlage für die Berechnung war; er hätte ja sonst trödeln können. Außerdem gab es fast immer ein Trinkgeld, indem die Rechnung manchmal auf glatte fünf oder zehn Euro aufgerundet wurde.

Jörg hatte schnell herausgefunden, dass die Köche und seine Kurier-Kollegen nicht gerade üppig entlohnt wurden. Die Herstellungskosten der Speisen waren relativ gering. Sein Chef musste so um die

1

5000 Euro netto im Monat haben, und das ohne sonderliche Ausbildung, wie Jörg zufällig erfahren hatte.

Jörg sollte nach dem Willen seiner Eltern unbedingt studieren, wusste aber noch nicht, welchen Beruf er überhaupt ergreifen sollte. Während Klassenkameraden, die nach der 10. Klasse eine Ausbildung begonnen hatten und im zumeist bequemen „Hotel Mama" lebten, inzwischen über drei- bis vierhundert Euro Taschengeld verfügen konnten, musste er sich ständig anhören, wie knapp das Kindergeld war. Seine Eltern wussten von seinem Nebenjob nichts, sondern glaubten, dass er mit seinem Freund Hajo Mathe und Physik übte oder auch freitags mal in die Disco ging. Vielleicht hätte er sonst von den etwa 300 Euro im Monat noch 50 Euro abgeben müssen.

„Ey, du Penner, die Leute wollen die Pizza heiß und nicht lau!", riss ihn Kalle aus seinen Überlegungen. Kalle hatte die bestellten Speisen und Getränke in die Isolierboxen gepackt, die Rechnungen samt Anschriften der Kunden in einer Sichttasche auf den Tresen gelegt und schob ihm nun acht Kisten über den Tresen.

„Alles zwischen Stühm-Süd und Kiekut; vier Kunden mit nur einer Großbestellung. Da biste in 'ner halben Stunde wieder da und kriegst noch das dicke Trinkgeld."

Jörg warf einen kurzen Blick auf die Lieferadressen.

„Die im Quittenweg kenn' ich. Die runden immer auf. Und die Schumanns kommen mir irgendwie bekannt vor. Ich glaub', der Sohn war bei uns auf'm

Gym und hat auch in der Schach-AG mitgemacht. Aber das ist schon 'ne Weile her."

„Nun quassel nicht so viel, sonst kriegste gar kein Tip!"

Jörg verstaute die Boxen in dem ebenfalls isolierten Koffer der Vespa, schob den Helm auf den Kopf und legte den ersten Gang ein: „Ciao, Kalle!"

Die Anschriften hatte er in der günstigsten Reihenfolge sortiert und auf einem kleinen Clipbrett am Lenker befestigt. Da die Bestellungen alle im Bereich einer halben Stunde lagen und die Fahrstrecke keine sechs Kilometer betrug, konnte er sich den schnellsten Weg aussuchen.

In der Berner Allee war nichts los, die Ampel zum Farenkrön zeigte Grün und zwei Minuten später läutete er bei einem kleinen Einfamilienhaus im Stühm-Süd. Ein stämmiger Mittvierziger öffnete.

„Das nenn' ich pünktlich. Komm rinn, kannste hier in die Küche bringen!"

Jörg legte die Box auf den Küchentisch.

„Zweimal Capricciosa, zwei Penne mit Schinken, macht 28 Euro."

„Hier haste dreißig. So junge fleißige Leute muss man doch unterstützen!"

Jörg bedankte sich professionell und wünschte einen guten Appetit. Dann ging's um die Ecke ins Obst- und Nussviertel, wie einige Menschen das Gelände zwischen Grootmoor und Petzolddamm nannten. Siedlungshäuschen aus den 50er Jahren wechselten sich mir neueren Bauten ab; z. T. hatten die ersten „Siedler" ihre Grundstücke geteilt, da niemand mehr Gemüse zog oder Erdbeeren anbaute. Hier kannte Jörg einige Familien, da ein paar seiner Mitschüler dort wohnten.

Als nächstes gingen drei Familienpizzen und zwei Spaghettigerichte von Bord und auch hier rundeten die Leute auf, so dass Jörg schon 4,80 Euro Trinkgeld hatte.

Erneut bog Jörg ab. Hier wohnte Familie Schumann. Jörg versuchte sich an den Sohn der Schumanns zu erinnern. Aber das Bild, das sich in seinem Kopf entwickeln sollte, blieb seltsam unscharf. Er war sich nur sicher, dass Simon eine Zeit lang in der ersten Mannschaft der Schach-AG gespielt hatte, als er selbst noch zu den „Beos", wie die Spieler der fünften und sechsten Klasse genannt wurden, gehörte. Außerdem war da noch irgendetwas gewesen, was aber schon knapp zehn Jahre zurücklag, so dass es nicht verwunderlich war, dass Jörg sich nicht klar erinnern konnte. Plötzlich schoss es Jörg durch den Kopf: Es hatte einen schweren Autounfall gegeben, bei dem Frau Schumann ums Leben gekommen war. Simon war also eine so genannte Halbwaise.

Da nicht alle Häuser eine gut sichtbare Hausnummer hatten, musste er ziemlich langsam fahren, um die Adresse zu finden.

„Das muss noch hinter der Kurve sein", dachte Jörg. Und richtig, gegenüber der Wiese lag ein relativ altes, aber wie es schien, gepflegtes Haus, dessen Nummer, halb von einem blühenden Strauch verdeckt, kaum zu erkennen war. Allerdings war das Buschwerk wohl schon lange nicht mehr gestutzt worden, weswegen die Hausnummer eben schlecht zu erkennen war.

Jörg bockte die Vespa neben dem Strauch auf und holte die Box mit den zwei Pizzen Vongole heraus. Im Koffer blieb nur noch die Großbestellung mit diversen Pizzen und einer Zwei-Liter-Flasche Chianti-Fusel, gut gekühlt, für die Leute im Kiekut, das parallel zu diesem Weg lag.

Als er direkt vor der Tür stand, hörte er von drinnen etwas, das wie Rock-Musik klang. Da er die Kunden nicht erschrecken wollte, nahm er, bevor er die Klingel drückte, den Helm ab. Kaum hatte er den Helm in der Hand, da konnte er selbst durch die Tür erkennen, dass es sich um ein Stück von Deep Purple handelte.

Auf sein Läuten rührte sich nichts. Er sah auf das Schild an der Klingel. Der Name stimmte. Er klopfte heftig gegen die neumodische Landhaustür, die überhaupt nicht zu dem Stil des Siedlungshauses passen wollte, aber Deep Purple schien direkt im Flur ihre 60000-Watt-Anlage aufgebaut zu haben, so dass sein Klopfen vermutlich nicht wahrgenommen wurde. Es blieb ihm nur eins übrig: Er musste um das Haus herumgehen und versuchen, sich vielleicht von der Rückseite bemerkbar zu machen. Irgendwie war es merkwürdig, dass niemand öffnete, obwohl die Leute doch erst vor etwa einer Stunde zwei Pizzen „zu um 8 Uhr dreißig" bestellt hatten. Jörg schaute sich um.

Nach links führte ein kleiner Weg aus Waschbetonplatten zu einer verschlossenen Garage. Links neben der Garage führte ein ähnlicher Weg nach hinten. Je weiter Jörg zur rückwärtigen Seite kam, umso lauter vernahm er Deep Purple. Als er um die hintere

Ecke nach rechts bog, hämmerte das Stakkato von ‚Fireball' ihm entgegen.

Jörg kannte inzwischen fast alle Stücke dieser legendären Band. Als er bei einem Tutandentreffen bei seinem Lieblingslehrer gewesen war, hatten einige aus der Gruppe gefragt, ob außer Klassik oder französischen Chansons auch andere Musik im CD-Schrank stehe. Wider Erwarten hatte es keinen Abend füllenden Vortrag über Barock, Klassik und Romantik gegeben. Oberstudienrat Rudolph hatte sich nur schmunzelnd zum CD-Schrank begeben, eine CD herausgenommen und sie aufgelegt.

„Wer die Band errät oder kennt, bekommt eine Portion Eis extra", meinte er und hob leicht eine Augenbraue, als mache er sich über sich selbst lustig. Dann drehte er den Regler voll auf. Urplötzlich schien ein Fahrstuhl mitten durch den Raum zu donnern, dann setzte ein Atem beraubendes Schlagzeug-Stakkato ein, so dass ihnen der Mund offen blieb. Niemand kannte das Stück, aber einige fanden es „echt krass", worauf Rudolph den Mund verzog; er konnten sich, wie er sagte, nicht an diese „Proll-Sprache" gewöhnen.

Sie hatten dann noch härtere Sachen gehört, z. B. Black Sabbath mit dem „Iron Man".

„Niemand hat nur eine Seite", schien Rudolph ganz ernst zu meinen, um dann spöttelnd, wie Jörg damals angenommen hatte, fortzufahren: „Auch so'n alter Pauker nicht."

Einige Tage später hatte Jörg ihn gefragt, ob er sich nicht die CDs von Deep Purple ausleihen könne.

„Aber nicht brennen!", zwinkerte ihm sein Tutor zu, „das ist verboten."

„Und was verboten ist, das macht uns gerade scharf", hatte Jörg ein altes Chanson von Wolf Biermann zitiert, das Rudolph ihnen erst kürzlich im Rahmen einer Unterrichtseinheit „politische Lyrik" vorgestellt hatte. Rudolph hatte nur andeutungsweise gelächelt und ihm am nächsten Tag vier CDs mitgebracht.

Der Weg nahm kein Ende, führte an großen Johannesbeersträuchern vorbei, die den Blick auf eine Terrasse fast völlig verdeckten. Schließlich knickte der Weg nach rechts ab und über einen sauber gemähten Rasen, der irgendwie im Widerspruch zu den Sträuchern stand, schritt Jörg zur Terrasse, hinter der sich ein hell erleuchtetes Wohnzimmer befand. Niemand war zu sehen.

Er klopfte heftig an die Terrassentür, was umso lauter wirkte, als „Fireball" gerade in diesem Augenblick zu Ende ging. Nichts rührte sich, auch der CD-Spieler stand still. Jörg hatte ein mulmiges Gefühl. Ob etwas passiert war? Vielleicht war der Kunde auch nur zum Klo gegangen und hatte wegen der lauten Musik sein Ankommen nicht bemerkt. Aber die CD war doch gerade in dem Augenblick zu Ende gewesen, als er an die Terrassentür geklopft hatte. Zumindest hätte sich jemand bemerkbar machen müssen, zumal die Pizzen erwartet wurden. Außerdem hatte er zwei Portionen in der Box. Also müsste doch irgendein Mensch in der Lage sein das Bestellte in Empfang zu nehmen.

Jörg klopfte erneut, noch heftiger als beim ersten Mal. Die Tür bewegte sich ein bisschen, war also offensichtlich nur angelehnt. Etwas ängstlich schob er die Tür ein Stückchen weiter auf.

„Hallo, Pizza-Service!", rief Jörg halblaut.

Nichts geschah. Schritt für Schritt ging er ins Wohnzimmer. Der CD-Player zeigte „shuffle" an, weswegen „Fireball" wohl das letzte Stück gewesen war. Eigentlich war es nämlich die Nummer 1, wie Jörg sich erinnerte.

Jörg rief erneut, jetzt etwas lauter: „Hallo, Pizza-Service!"

Das Licht eines altmodischen Deckenfluters zeigte eine seltsame Mischung von Stilen. Eine Wandseite wurde von einem Bücherregal eingenommen, das dicht mit Hunderten von Büchern vollgestellt war. Das Regal einer bekannten schwedischen Firma bestand aus schlichten beschichteten Spanplatten. Die Bücher wurden von einer am Deckenfluter befindlichen Leselampe angestrahlt. Ein großer Teil des Wohnzimmers wurde von einer schweren Ledergarnitur eingenommen. An der gegenüber liegenden Wandseite befanden sich eine offenkundig teure Musikanlage neuesten Datums und eine TV-Anlage mit Video- und DVD-Player. Die Musikanlage war im Stand-by-Betrieb, was ja auch klar war, da vor wenigen Minuten noch Deep Purple gedröhnt hatte. Nun war nichts mehr zu hören.

Jörg ging langsam weiter; ein merkwürdig mulmiges Gefühl beschlich ihn. Irgend etwas stimmte hier doch nicht.

Die Tür zum Flur stand offen, der Flur selbst war unbeleuchtet; Jörg konnte aber durch den hellen Schein des Fluters ein Telefonschränkchen und einen Garderobenschrank erkennen. Aus irgendeinem Zimmer fiel ein kleiner Lichtstrahl in den Flur.

Langsam schlich Jörg in den Flur und zu dem Raum, aus dem das Licht herausfiel. Ihm wurde immer unheimlicher zu Mute und sein Herz klopfte heftig. Er blickte in den Raum. Es war die Küche. Auf einem kleinen Tisch vor einer Sitzecke lag ein Flaschenöffner. Vorsichtig stellte Jörg erst einmal die Box auf den Fußboden neben der Tür. Er machte einen Schritt rückwärts um wieder in den Flur zu kommen und seinen Auftraggeber zu suchen, als er ein zischendes Geräusch vernahm. Bevor er reagieren konnte, spürte er einen ungeheuren Schmerz.

Er merkte nicht mehr, dass er auf den Boden knallte, und sah auch nicht, dass sich eine dunkel gekleidete Gestalt eilig auf dem Weg entfernte, den er zuvor genommen hatte, um in das Haus zu kommen.

Donnerstag, 20.45 Uhr

In der Revierwache 36 klingelte das Telefon. Kommissar Jungmann nahm den Hörer nach dem zweiten Klingeln ab.

„Polizeirevier 36, Kommissar Jungmann, guten Abend", meldete er sich. Es war bereits der 14. Anruf nach dem Schichtwechsel, wie er der Liste entnehmen konnte. Das warme Spätsommerwetter verführte die Leute, im Garten oder auf dem Balkon zu sitzen und den Durst mit zumeist alkoholischen Getränken zu löschen. Viele hatten einen harten Tag hinter sich; außerdem war natürlich arbeiten bei knapp 30° nicht unbedingt jedermanns Sache. Die sich aufstauende Gereiztheit sollte dann mit dem Bier oder dem Longdrink weggespült werden, was aber oft genug nicht funktionierte. Aus nichtigem Anlass kam es deshalb immer wieder zu kleinen Raufereien, die leider auch in richtige Schlägereien ausarteten, so dass die Polizei eingreifen musste. Manchmal beschwerten sich auch gestresste Menschen über die zu laute Musik ihrer Nachbarn, die natürlich auch im Garten nicht auf die gewohnte Dauerberieselung verzichten wollten. Und Techno konnte dabei ebenso auf die Nerven gehen wie André Rieu oder Anton aus Tirol.

„Äh, hier ist Kalle, also ich bin Karl-Heinz Wendeloh vom Pizza-Service 'Sole rosso'. Der Jörg ist überfällig."

Die Stimme verstummte und Jungmann konnte den nervösen Atem des Anrufers hören.

„Nun sagen Sie mir mal in aller Ruhe, was Sie wollen! Wer ist Jörg?", fragte Jungmann den Anrufer mit ruhiger Stimme.

„Ja, also der Jörg, der ist bei uns Pizzafahrer. Und eigentlich hätte er gegen halb neun im Kiekut Pizza und Chianti anliefern sollen. Aber er ist nicht angekommen. Der Kunde ist ganz schön sauer und..."

Jungmann unterbrach den Redeschwall.

„Vielleicht hat der Jörg 'ne Panne gehabt. Er ist ja erst seit etwa einer Viertelstunde überfällig. Warten Sie doch noch ein paar Minuten, dann wird sich alles schon von ganz allein aufklären!"

„Da kennen Sie aber den Jörg nicht. Der ist enorm zuverlässig. Er hätte sich sonst über Handy gemeldet, wenn er aus irgendeinem Grund einen Kunden nicht hätte beliefern können."

Jungmann nickte ergeben, was der Anrufer natürlich nicht sehen konnte.

„Ich schick' mal 'nen Wagen vorbei. Wie ist denn die Route von dem Jörg? Hat der eigentlich auch einen Nachnamen?"

Ein paar Sekunden hörte Jungmann nur Geraschel, dann meldete sich der Anrufen wieder.

„Also Jörg heißt Mahncke und er sollte zuerst im Stühm-Süd jemanden beliefern, dann zur Quitte, danach zum Haselnuss und zum Schluss zum Kiekut, und da ist er nicht angekommen."

Jungmann notierte den jeweiligen Namen und die Route und versprach, sofort einen Streifenwagen zu schicken.

Donnerstag, 20.50 Uhr

„Peter 36 an Peter 5, bitte kommen!" Es dauerte keine 10 Sekunden, bis Peter 5 sich meldete.

„Peter 5 hört."

„Ich habe hier eine Art Vermisstenanzeige. Ein Pizzafahrer vom Pizzaservice „Sole rosso" hat nicht geliefert, und nachdem ein Kunde sich beschwert hat, hat uns ein Mitarbeiter der Firma angerufen und uns gebeten, doch mal die Route abzuklappern." Jungmann nannte die genauen Adressen und der Beamte am Hörer bestätigte.

Peter 5 fuhr mit exakt 50 km/h die Berner Allee Richtung Osten. Die Fußgängerampel am Hohnerkamp zeigte Rot, sodass Kommissar Stier abbremsen musste. Sein Kollege Hancke blickte nach rechts zur Bramfelder Laterne, wie das Gemeindehaus der Simeongemeinde heißt. Als er noch „frisch" in diesem Revier gewesen war, hatte er zuerst „Rote Laterne" gedacht und auch gesagt, weil er sich unwillkürlich an den sentimentalen Song von Lale Andersen erinnert hatte, mit dem sie in einer grauenvollen Zeit nahezu weltberühmt geworden war. Nicht einmal die Nazis hatten es während des Krieges geschafft, das Lied wegen seines traurig-sentimentalen Inhalts zu verbieten.

Die Ampel wechselte auf Grün und Hancke gab sanft Gas. Seine ruhige Fahrweise hatte ihm vor einigen Monaten ein Extralob eingebracht, weil er den geringsten Durchschnittsverbrauch aller Fahrer gehabt hatte. Kaum zu glauben, dass er bei Fahrten mit Sonderrechten wie ein Rallyefahrer durch Bramfeld „brettern" konnte, allerdings mit einer Umsicht, dass er in nahezu 20 Jahren noch nicht einen Unfall gebaut hatte. In der S-Kurve am Fahrenkrön ging er leicht vom Gas.

„Fahr mal in den Stühm!", meinte Stier. Hancke setzte den Blinker und bog vorsichtig ab, ging sogleich auf 30 km/h runter und rollte nahezu lautlos die jetzt fast leere Straße entlang. Hancke hatte inzwischen das Fenster runtergelassen, um besser sehen und hören zu können, was sich auf den Grundstücken am Rande der Straße tat. Bald war die bunte Außenbeleuchtung eines Lokals zu sehen. Beim

„Griechen" waren alle Plätze im Außenbereich besetzt und gedämpfte Sirtakimusik klang bis zum Streifenwagen. Unwillkürlich hatte Hancke ein gewisses Hungergefühl. Links tauchte die Silhouette der Simeonkirche auf. Stier zeigte an, dass er nach rechts abbiegen wollte. Auch im Quittenweg war kein Auto zu sehen. In manchen Gärten waren schon bunte Leuchten angestellt worden, obwohl es gerade erst anfing dunkel zu werden. Über einigen Grundstücken lag eine dünne, graue Wolke, die anzeigte, dass die Lieblingsbeschäftigung vieler Deutscher, das Grillen, auch hier stattfand. Wie hatte ein Kabarettist gesagt?

„Wenn es so richtig sommerlich warm ist, geht der Deutsche nach draußen und zündet ein Feuer an."

„Hast du irgendwo eine Pizza-Vespa gesehen?", fragte Stein seinen Kollegen. Hancke schüttelte den Kopf, was Stier selbstverständlich nicht sehen konnte. Aber da sie schon seit einigen Jahren gemeinsam fuhren, wusste Stier, dass keine Antwort immer „ja" hieß.

„Nach der Liste musst du jetzt links abbiegen", meinte Hancke. Stier setzte wieder den Blinker und bog am „Crashpoint" langsam nach links ab. Diese Kreuzung hatte ihren Namen vor ein paar Jahren bekommen, weil es immer wieder Autofahrer gab, die diesen Weg als Schleichweg benutzten, um die Kreuzung Petzolddamm – Karlshöhe zu vermeiden, an der sich vor allem morgens oft lange Schlangen bildeten, so dass manchmal drei oder vier Ampelphasen vergingen, bevor die genervten Autofahrer die Kreuzung passieren konnten. Also nutzten sie die schmale

Asphaltstraße um diesen Stau zu umfahren. Dabei achteten sie weder auf die Geschwindigkeitsbegrenzung noch auf die Rechts-vor-links-Regel, so dass es ständig zu Zusammenstößen kam, bis die Polizei unregelmäßig, aber häufig Kontrollen machte.

Zwischen modernen Zweifamilienhäusern, die aus unerfindlichen Gründen auch Doppelhäuser genannt wurden, duckten sich die älteren Siedlungshäuser, die zumeist noch auf den großen Grundstücken der Nachkriegszeit standen. Die Doppelhäuser wie auch die Häuser auf den so genannten Pfeifenstielgrundstücken verfügten fast immer nur über Minigrundstücke.

„Ich seh' noch immer keinen Roller", brummelte Hancke. Stier ließ den Wagen gemächlich weiterrollen. Er verlangsamte bei jeder Einmündung, weniger, weil er bei diesen kleinen Nebenstraßen mit Vorfahrtsberechtigten rechnete, sondern um seinem Kollegen die Gelegenheit zu bieten, auch dort nach dem Roller zu blicken. Schließlich musste der Pizza-Fahrer nicht unbedingt auf der kürzesten Strecke gefahren sein, obwohl das logisch gewesen wäre.

Plötzlich knurrte Stier aus dem Mundwinkel: „Ich glaub', da hinten steht ein dunkelroter Roller."

In der Tat: Vor einem der typischen älteren Siedlungshäuser stand eine aufgebockte Vespa mit dem Sonnenbild und einem Text, der bald als 'Sole Rosso' lesbar wurde; der Roller wurde durch einen blühenden Strauch leicht verdeckt. Stier parkte den Wagen direkt vor der Vespa.

„Peter 5 an Peter 36", meldete Kommissar Hancke vorschriftsmäßig, „wir haben das fragliche Fahrzeug entdeckt."

Er nannte den genauen Standort.

„Wir schauen mal nach dem Rechten."

Beide Kommissare stiegen aus. Bis auf einige Musikfetzen aus einer wenige Straßen entfernten Anlage, die nicht nur den dazu gehörenden Garten beschallte, sondern auch die Nachbarn, war nichts zu hören. Es musste jemand im Hause sein, denn in zwei Fenstern zeigte sich ein leichter Lichtschimmer. Die beiden Kommissare gingen auf den Eingang zu.

„Ob die Lieferung schon erfolgt ist?", fragte Kommissar Stier.

Sein Kollege brummte etwas Unverständliches.

Sie betätigten die Türklingel. Nichts rührte sich. Dann klopfte Stier; gleichzeitig versuchte Hancke, die Tür zu öffnen. Die Tür gab nicht einmal ansatzweise nach.

„Gehen wir erst einmal ums Haus herum!", meinte Kommissar Stier, öffnete aber sicherheitshalber die Pistolentasche.

Auf dem gleichen Weg, den Jörg vor weniger als einer Stunde zuvor benutzt hatte, gingen die Beamten vorsichtig nach hinten, bis auch sie die Terrasse sahen. Nach kurzem Blickkontakt nahmen sie beide ihre Pistolen in die Hand, luden durch und entsicherten. Da die Terrassentür offen stand, betraten sie schnell, aber vorsichtig das Wohnzimmer. Wie im Lehrbuch deckten sie sich gegenseitig und ließen außer einem gezischten: „Sicher", keinen Laut vernehmen.

Mit besonderer Vorsicht bewegten sie sich auf den dämmerigen Flur.

„Achtung!", ließ sich Stier vernehmen, „da liegt einer."

Immer auf Sicherung bedacht, näherten sie sich der Person, von der sie nur die Beine und Füße sehen konnten.

„Jetzt!" Hancke sprang förmlich in den Raum und sicherte nach links, Stier huschte direkt hinter ihm hinein und sicherte nach rechts, wobei er gleichzeitig die auf dem Fußboden liegende Person aus den Augenwinkeln betrachtete.

„Sauber!", sagten beide nahezu gleichzeitig. Hancke ging sofort in den Flur zurück und blieb mit dem Rücken zur Küchentür stehen, während Stier sich zu der Person hinunterbeugte.

„Das ist der Pizza-Fahrer, da bin ich ganz sicher", ließ er sich vernehmen. „Blut ist nicht zu sehen, aber im Nacken hat er eine ziemlich dicke Beule. Ich bestell' mal vorsichtshalber den Onkel Doktor und einen KTW."

Nachdem Stier den jungen Mann in eine halbwegs stabile Seitenlage gebracht und den Dienst habenden Polizeiarzt benachrichtigt hatte, dass seine Hilfe gefragt war, ging er zu seinem Kollegen auf den Flur.

„Im ersten Stock ist Licht an. Lass uns mal vorsichtig sehen, was da oben los ist. Vermutlich ist hier wohl eingebrochen worden und der Junge da in der Küche ist im falschen Moment auf der Bildfläche erschienen. Er kann von Glück sagen, dass es sich wohl um einen Bruch nach altem Muster handelt. Junkies und die Russenmafia hätten gleich zugestochen oder geschossen. Aber was so'n alter Bruchspezi ist, der geht ohne Waffe ins Haus."

Hancke äußerte sich nicht zu den Vermutungen seines Kollegen. Schon seit zwanzig Jahren erzählte Stier bei jeder Gelegenheit, dass er eigentlich hätte zur Kripo gehen wollen. Und deshalb „löste" er jeden Fall schon in den ersten Minuten, die sie am Tatort verbrachten. Zwar hatte er immerhin einige Male richtig mit seinen Vermutungen gelegen, häufig aber auch weit vorbei geschossen. Intern wurde er deshalb auch Sherlock Stier genannt. Da er aber niemals auf seinen Vermutungen bestand und auch ab und zu über sich selbst lachen konnte, nahm ihm niemand diese Redereien übel.

Wieder ging Hancke voraus. Während Stier vom Flur aus schräg nach oben blickte, stürmte Hancke die ersten acht Stufen bis zum Treppenabsatz hinauf und blieb dort stehen. Ein Kopfnicken und Stier kam hinterher. Weitere sieben Stufen und beide standen im ersten Stock. Drei Türen gingen von diesem Flur ab: Bad, Schlafzimmer und Kinderzimmer, wie Hancke vermutete. Zwei Türen waren geschlossen, die von der Treppe aus gesehen rechte Tür war offen und der Raum wurde von irgendeiner Lichtquelle hell erleuchtet. Hancke ging langsam am Flurgeländer entlang zur Zimmertür, während Stier sich in die linke Ecke schob, um von dort einen Teil des erleuchteten Raumes einsehen zu können.

Hancke drehte sich kurz um, Stier nickte und Hancke stürmte vor: Blick rechts, Körperdrehung links und Waffe und Blick in die andere Ecke des Raumes.

„Oh Gott!", hörte Stier Hancke hervorstoßen. Das gehörte nun wirklich nicht zu den üblichen festen Begriffen, die bei solch' schwierigen Abläufen üblich waren.

„Kannst kommen", folgte aber nach einer kurzen Atempause. Hancke erschien in der Tür; sein Gesicht war schneebleich.

„Wie siehst du denn aus? Wie ausgespuckt!", äußerte sich Stier, ebenfalls völlig unprogrammgemäß.

„Ruf' mal gleich die Kripo an! Da liegt 'n Toter. Wie's aussieht, Kopfschuss."

Hancke lehnte sich an die Wand. Er hatte Schweißperlen auf der Stirn. So hatte Stier ihn das letzte Mal gesehen, als sie zu einem Verkehrsunfall gerufen worden waren. Ein Kind war mit seinem kleinen Fahrrad unter die Zwillingsreifen eines Betonmischers geraten. Hancke hatte versucht, den leblosen Körper unter dem Fahrzeug hervorzuziehen. Dann war er zusammen- gebrochen. Mit Hilfe der Polizeipsychologen war er sechs Wochen später wieder dienstfähig gewesen. Aber noch heute fiel es ihm schwer, zu einem „Unfall mit Personenschaden", wie es so sachlich-nüchtern hieß, zu fahren, um die Daten aufzunehmen.

Stier informierte die Zentrale. Die beiden übrigen Zimmer machten einen aufgeräumten Eindruck. Im Schlafzimmer stand ein Einzelbett, so dass man davon ausgehen konnte, dass Herr Schumann vermutlich allein in diesem Haus gelebt hatte. Das andere Zimmer mochte wohl früher als Kinderzimmer gedient haben; jetzt sah es wie ein kleines Büro aus: Rechner, Drucker, Fax und Telefon sowie einige Büroschränke älteren Datums, die einen sehr stabilen Eindruck machten. Außerdem standen ein kleiner Tisch in der Mitte des Raumes und zwei Stühle. Auf dem Tisch war für zwei Personen eingedeckt: eine Flasche Barbera, wie Jörg dem Etikett entnahm, den man nicht bei „Sole rosso" bestellen konnte, zwei Rotweingläser, zwei Teller, Besteck und ein kleiner Kerzenhalter aus Messing. Neben dem Tisch lag ein Mann auf der Seite. In der Mitte der Stirn war ein hässliches Loch zu sehen, offenbar die Einschussstelle. Auf dem Fußboden war eine kleine Blutlache zu erkennen. Der Büroschrank hatte mehrere Fächer; eines war mit einem unbeschädigten Sicherheitsschloss versehen und stand offen. Vorsichtig lugte Stier in das Fach, aber es war leer. Nach der Überprüfung gingen sie wieder ins Parterre. Der junge Mann hatte das Bewusstsein noch nicht wieder erlangt. Stier bückte sich und tastete nach der Karotis.

Donnerstag, 21.30 Uhr

Irgendein blöder Riese hielt einen 1000-Watt-Scheinwerfer direkt vor seine Augen und brummelte unverständliche Worte. Jörg versuchte seine Hand vor die Augen zu halten, aber ein entsetzlicher Schmerz, der bis in den Kopf reichte, durchzuckte seine rechte Schulter.

Der Riese lächelte, nahm den Scheinwerfer fort und dröhnte mit einer Stimme, die von der Lautstärke durchaus zu „Fireball" gepasst hätte: „Bewegen Sie sich besser nur langsam, die Schmerzen gehen bald weg! Ich habe Ihnen eine schmerzstillende Substanz gespritzt."

„Was ist – wo bin ich?"

Aus dem Hintergrund donnerte eine andere Person: „Ist er wach, Doktor?"

„Wach schon, aber noch äußerst lärmempfindlich und etwas desorientiert", fügte der Riese – breit grinsend – hinzu.

Langsam gewöhnten sich Jörgs Augen an das grelle Licht. Der Riese schrumpfte auf Normalmaß und sah irgendwie einem Laboranten oder Arzt ähnlich, was nach der Frage der zweiten Person zu vermuten gewesen war. Der Scheinwerfer war eines dieser kleinen Lämpchen, das Ärzte zur Kontrolle der Pupillenreaktion benutzten, wie er sich zu erinnern glaubte. Der Arzt schaltete das Lämpchen aus. Es blieb immer noch recht hell, da der Raum, in dem er sich befand, von einigen kleinen Scheinwerfern, wie man sie bei fotografischen Aufnahmen benutzt, zusätzlich erhellt wurde.

Vorsichtig versuchte Jörg einen Überblick zu gewinnen. Er lag offenbar in dem Wohnzimmer auf einer Couch. Vom Flur kam eine mittelgroße, schlanke Frau herein. Die weißen Handschuhe stachen deutlich von der schwarzen Cordjacke und einer ebenfalls schwarzen Jeanshose ab.

„Na, gut geschlafen?", spöttelte sie, als sie vor ihm stand, wurde aber augenblicklich wieder ernst.

„Hauptkommissarin Sawitzki", stellte sie sich vor. „Sie haben einen heftigen Hieb mit einem harten Gegenstand auf den Hals-Nacken-Bereich bekommen und waren etwa eine Stunde bewusstlos. Da aber unser lieber Doktor keine besonderen Bedenken hat und die Spurensicherung hier weitgehend fertig ist, haben wir Sie erst einmal aufs Sofa gelegt. Sie werden aber zwecks einer gründlichen Nachuntersuchung nachher ins Krankenhaus gebracht."

Bevor Jörg die Hauptkommissarin etwas fragen konnte, fuhr sie fort.

„Wir wurden von der Streife alarmiert. Ein Kunde des Pizza-Service' hatte sich bei Ihrer Zentrale beschwert, dass seine Pizza nicht angeliefert worden sei. Einer Ihrer Kollegen hat darauf die Wache angerufen und der Diensthabende hat einen Wagen vorbeigeschickt. Als die Kollegen Sie sahen, haben sie erst einmal uns informiert. Wir wissen zwar, was Sie hier zu suchen hatten, aber nicht, was Sie gefunden haben. Nun schießen Sie mal los!"

Jörg versuchte sich zu erinnern, was aber angesichts der Kopfschmerzen ziemlich anstrengend war. So nach und nach bekam er aber alles zusammen von der Abfahrt bis zum Einbiegen in diese kleine Straße. Die Hauptkommissarin fragte nur selten nach. Mit einem Male kam Jörg die Szene seltsam vor. Wieso liefen so viele Leute in der Wohnung herum? Er hatte doch, wie er vermutete, nur einen Einbrecher bei der Arbeit gestört und deshalb einen Schlag über den Schädel gezogen bekommen. ‚Zur falschen Zeit am falschen Ort', ging es ihm durch den Kopf.

„Treiben Sie immer so einen Aufwand?", fragte er die Hauptkommissarin, „mich hat doch nur ein Einbrecher niedergeschlagen." Sawitzki lächelte matt.

„Ob es sich nur um einen Einbruch handelt, müssen wir noch herausbekommen. Es war zumindest kein Raubüberfall auf Sie. Ihre paar Euro sind noch da. Der oder die Täter hatten offenbar ein anderes Motiv als bloße Geldgier. Auf einem Schreibtisch im ersten Stock lagen ein paar Geldscheine, die ein Einbrecher vermutlich mitgenommen hätte. Neben dem Tisch haben wir leider einen Toten gefunden. Kennen Sie Herrn Schumann näher?"

Jörg wurde es plötzlich übel. Er flüsterte kaum hörbar „Oh nein" und schlug die Hände vors Gesicht, was aber vor allem dazu führte, das der Schmerz im Nackenbereich wieder zunahm. Sawitzki wiederholte behutsam, aber nachdrücklich ihre Frage. Jörg schüttelte den Kopf, was erneut dazu führte, dass dieser höllische Schmerz durch den Kopf schoss.

„Doch, Moment mal!", korrigierte er sich, „ich kenn' natürlich den Nachnamen, weil ein Junge namens Simon oder Sebastian bei uns auf dem Gym gewesen ist. Vor drei oder vier Jahren hat er, glaube ich, bei uns Abi gemacht. Als ich in der fünften Klasse in die Schach-AG eintrat, hat er da noch gespielt. Im Jahr drauf hat er aber nur noch bei Wettkämpfen mitgemacht und ist auch beim Alsteruferturnier (größtes Schulschach-Turnier seiner Art weltweit: Anm. d. Autors) dabei gewesen. Aber seine Eltern kenne ich nicht."

Schweiß perlte von Jörgs Stirn und seine Hände zitterten. Der Hauptkommissarin schien es nicht sehr sinnvoll, ihn weiter zu befragen; in diesem Zustand könnte ein Kreislaufkollaps die Folge sein.

„Ich lasse Sie jetzt ins Krankenhaus fahren", sagte Sawitzki zu ihm. „Sie können von dort Ihre Eltern benachrichtigen."

„Muss das sein?", fragte Jörg, „sie wissen nämlich gar nicht, dass ich einen Job habe."

„Ob ihre Eltern von dieser Geschichte erfahren, liegt in der Hand der Medien. Sie sind ja schon 18 Jahre alt, und da Sie vermutlich nichts mit dem Tötungsdelikt zu tun haben, brächte es wenig mit Ihren Eltern darüber zu reden. Allerdings werden die Reporter der Blutblätter bald herausbekommen haben, dass Sie Opfer eines Verbrechens geworden sind. Dann werden sie es sich nicht nehmen lassen Ihre Familie mit hineinzuziehen. Und nun werden Sie die Sanis mit dem KTW zum Barmbeker Krankenhaus fahren. Sobald es Ihnen besser geht, werden wir Ihre Aussage Punkt für Punkt durchgehen. Vielleicht fällt Ihnen noch etwas ein, wenn Sie erst einmal schmerzfrei sind."

Jörg fiel noch etwas ein: „Was wird mit dem Roller? Und außerdem wartet ein Kunde im 'Kiekut' noch auf sein Abendessen."

Sawitzki konnte Jörg beruhigen. „Wir haben Ihren Chef angerufen. Er hat eine Ersatzlieferung hingeschickt und wird nachher den Roller abholen lassen."

Der Arzt begleitete Jörg zur Haustür, wo ein Sanitäter ihn in Empfang nahm.

„Einmal erster Klasse zum AK Barmbek", wollte Jörg witzig sein. Aber irgendwie fühlte er sich äußerst mies und hatte einen Geschmack im Mund, als habe er eine schwere Mandelentzündung.

Sawitzki ging ins Wohnzimmer zurück. Hatten der oder die Mörder die CD aufgelegt? Was hatte er gewollt? Es gab keinerlei Unordnung im Haus. Im Küchenschrank befanden sich etwa 300 Euro und das

Geld vom Schreibtisch hätte ein Einbrecher auf jeden Fall mitgenommen. Auch das berühmte Tafelsilber war noch vorhanden. Irgendetwas war faul. In diesem Augenblick kam Kommissar Ohlendorff die Treppe herab und ging durch den kleinen Flur ins Wohnzimmer, um sich dort in einen Sessel plumpsen zu lassen.

„Anke, das habe ich noch nie erlebt: Schubläden unberührt, kein Bild verhängt. Es fehlt augenscheinlich nichts. Allerdings ist das einzige verschließbare Fach offen und absolut leer. Mag sein, dass der Täter hier irgendwelche wichtigen Dokumente mitgenommen hat. Ansonsten wirkt alles regelrecht friedlich, nur dass ein älterer Herr, säuberlich mit einem einzigen Schuss in den Kopf förmlich hingerichtet, im Schlafzimmer liegt."

„Das ist in der Tat merkwürdig. Der Schumacher ist fast 60 Jahre alt, lebt offensichtlich allein, denn nichts weist darauf hin, dass hier ein Zimmer für einen Studenten eingerichtet ist. Wie die Nachbarn ausgesagt haben, ist Frau Schumann schon seit einigen Jahren tot. Sie soll bei einem Unfall getötet worden sein. Ein Sohn namens Simon studiert in Bremen; er müsste so ungefähr 23 Jahre alt sein, wenn die Aussage des Pizza-Boten stimmt. Das Haus sieht aus wie hundert andere auch: unauffällig, kleinbürgerliche Ausstattung. Die Nachbarn haben angeblich gar nichts bemerkt, was kein Wunder ist. Die rückwärtigen sind nicht da, links gibt's keine und rechts wohnt eine fast taube alte Dame. Auf der gegenüberliegenden Straßenseite gibt es nur ein größeres Haus, dessen Wohnzimmer aber nach hinten hinaus geht. Die Leute haben auch nichts mitbekommen, nicht einmal

'Fireball', was vor allem daran liegt, dass sie 'Dicke-Backen-Musik' im Fernsehen gehört haben."

Ohlendorff grinste, wusste er doch, dass seine Kollegin mit der so genannten Volksmusik auf Kriegsfuß stand. Sawitzki erwiderte kurz sein Grinsen, zumal sie ebenfalls wusste, dass ihr Kollege eher auf Rock-Musik stand. Aber sie wurde sofort wieder ernst.

„Wir werden noch einmal gründlich alle Nachbarn befragen, und zwar nachmittags, wenn sie ihr Verdauungsschläfchen beendet und die Kaffeemaschine angestellt haben."

„Wir müssen zuerst herauskriegen, wo der Sohn wohnt. Hier ist wirklich nichts zu sehen, was darauf schließen ließe, dass er zumindest ab und zu noch bei seinem Vater übernachtet."

Emre Ohlendorff erhob sich.

„Schon erledigt. Im Flur liegt ein privates Telefonbuch. Der Sohn heißt Simon und wohnt tatsächlich in Bremen. Ich vermute, dass er dort studiert. Ich werde mal die Kollegen in Bremen anrufen, ob sie einen Simon Schumann in der Einwohnermeldekartei haben. Wenn wir jetzt anrufen, werden wir, sofern der Sohn in seiner Unterkunft ist, ihm nur einen Schock versetzen. Diese unangenehme Aufgabe sollte jemand übernehmen."

Anke Sawitzki murmelte etwas Zustimmendes und fragte die noch anwesenden Kollegen, ob ihnen etwas aufgefallen sei. Auch die routiniertesten Kripobeamten können etwas übersehen.

„Ich weiß ja nicht, ob ich eine einseitige Wahrnehmung habe", versuchte Kommissar Stier zu witzeln, verfiel aber sogleich in einen ernsthaften Ton, da Scherze in dieser Situation unangemessen waren.

„Im Wohnzimmer sind die Bücher seltsam sortiert. Einmal scheint es dem Alphabet nach zu gehen, und dabei handelt es sich offenbar um Belletristik. Außerdem gibt es aber Fachbereiche, wenn ich mal so sagen darf: Waffentechnik, insbesondere Handfeuerwaffen, Nahostkonflikt und Schach. Diese Bücher sind z. T. nach den Autoren geordnet oder nach Unterthemen; so gibt es einen Bereich Handfeuerwaffen und einen für Artillerie. Alles macht einen aufgeräumten Eindruck; die Bücher sind offensichtlich in letzter Zeit kaum benutzt worden, wie man an der leichten Staubschicht sehen kann. Nur die CD-Sammlung ist blitzsauber."

„Gut bemerkt", lobte HK Ohlendorff, „vielleicht wird dadurch das Umfeld des Opfers deutlich und wir bekommen darüber einen Untersuchungsansatz."

Kommissar Stier blickte zur Hauptkommissarin. Anke Sawitzki stand noch vor der Bücherwand. In der Tat schien es ein System für die Sortierung zu geben. Auffällig war das Verhältnis der verschiedenen Abteilungen zueinander: Belletristik nahm nicht den Hauptteil ein, wie es in vielen Haushalten, in denen noch gelesen wurde, wohl üblich war, sondern Waffentechnik und Schach. Bücher zum Nahost-Konflikt nahmen nur ein halbes Regal ein; daneben standen noch andere historisch-geographische Werke, z. B. Cerams „Götter, Gräber und Gelehrte" und Hedins „Der wandernde See".

Die HK drehte sich um und blickte die Kollegen fragend an. HK Ohlendorff zuckte mit den Achseln und auch Kommissar Stier machte einen Gesichtsausdruck, als hätte er gerade ein ausgekautes Kaugummi heruntergeschluckt.

„Wir sind hier soweit fertig; ihr versiegelt, wenn die Spusi auch das letzte Staubkorn eingesammelt hat! Das wär's hier erst einmal", stellte HK Sawitzki fest. „Wir machen für heute Schluss. Allerdings würde ich gern ganz kurz bei dem Pizzaservice vorbeifahren."

„Ich habe die Telefonnummer", sagte HK Ohlendorff, „ich ruf' mal eben an; vielleicht ist gar keiner mehr anwesend."

Der HK klappte sein Mobilphon auf und gab die Telefonnummer ein.

Bereits nach dem zweiten Anwählton wurde die Verbindung hergestellt: „Sie sind verbunden mit der Mailbox des Bramfelder Pizza-Service Sole Rosso. Leider hat unser Pizzabäcker Dienstag bis Donnerstag um 22.30 Uhr Feierabend. Freitag und am Wochenende stehen wir Ihnen bis 23.30 Uhr zur Verfügung. Der Montag ist unser Ruhetag. Sie können uns morgens ab 10.00 Uhr erreichen und Ihre Bestellung aufgeben. Guten Abend."

Es folgte eine achtstellige Telefonnummer.

„Da haben wir also mit Zitronen gehandelt", meinte der HK trocken.

„Rufe morgen um 9.00 Uhr dort an!", wandte sich HK Sawitzki an den Kommissar. „Wenn der Service ab 10.00 Uhr Bestellungen annimmt, werden die Pizzabäcker doch bestimmt eine Stunde vorher anwesend sein. Die Hauptfragen werden wohl telefonisch zu erledigen sein; du musst also nicht extra hinfahren."

Da es für die Kommissare im Haus nichts mehr zu tun gab, grüßten sie die Kollegen, die noch Spuren suchten, und fuhren Richtung Stern, wie das Polizeihochhaus in Alsterdorf von vielen Menschen genannt wurde. Sawitzki hielt jedoch nach wenigen hundert Metern wieder an, direkt vor einem 'Griechen'. Trotz der vorgerückten Stunde waren die Plätze zur Straße alle besetzt.

„Ich brauch' noch 'was Vernünftiges in den Magen, bevor der Abend sich neigt", gab sie pathetisch von sich, „und du darfst nachher fahren."

Und als sie Ohlendorffs Gesichtsausdruck sah, fügte sie hinzu: „Bist ausnahmsweise eingeladen."

Im Lokal ergatterten sie noch einen Zweiertisch, der gerade von einem älteren Ehepaar freigemacht wurde. Obwohl es schon reichlich spät war, konnte man noch etwas Essbares bestellen. Hier richtete sich die Arbeitszeit des Kochs nicht nach der tariflich festgesetzten Arbeitszeit, sondern oft nach den Wünschen der Kunden. Ab 23.00 Uhr gab es aber auch hier nur noch etwas zu trinken.

Donnerstag, gegen 23.00 Uhr

„Selbst die kleinen Portionen sind doch recht umfangreich", stöhnte HK Ohlendorff, als sie wieder im Stern waren. „Und dann noch ohne Bier!"

Anke Sawitzki schmunzelte und machte eine Bemerkung zur Frage des Alkohols und der Meinung des Propheten dazu. Fast wäre Emre Ohlendorff darauf hereingefallen. Im letzten Moment fiel ihm wieder ein, dass seine Kollegin gern einmal einen kleinen

Scherz über seine Herkunft machte. Seine Mutter war in Endremit oder Edremit, wie es auch geschrieben wird, geboren und mit ihrem Vater Anfang der siebziger Jahre nach Hamburg gezogen und hatte dort einen waschechten Hamburger aus Rahlstedt geheiratet. Nach dem Abitur, das HK Ohlendorff in einem Rahlstedter Gymnasium mit einem Schnitt von 2,4 bestanden hatte, hatte er sich bei der Kriminalpolizei für den gehobenen Polizeivollzugsdienst beworben und war angenommen worden. Das lag jetzt aber schon ein paar Jährchen zurück. Natürlich ärgerte es ihn, wenn jemand spöttisch auf seine türkische Herkunft hinwies; richtig wütend konnte er bei rassistischen Bemerkungen werden. Aber wenn Anke Sawitzki ihn damit aufzog, war das etwas anderes.

„Du verstößt wohl lieber gegen die Dienstvorschriften", konterte er. „Null Promille ist angesagt."

„Der Ouzo zählt nicht, der gehört zum Essen. Und das kleine Bier lässt sich kaum nachweisen", versuchte sie sich halbherzig zu rechtfertigen. Dann aber wurden sie beide wieder ernst. Immerhin war ein Mord aufzuklären und die ersten 24 Stunden sind am wichtigsten, da dann noch alle Spuren vorhanden sind. Sie gingen alles noch einmal durch, fanden aber keinen Ansatzpunkt.

„Warten wir ab, was die ballistische Untersuchung ergeben wird! Immerhin ist das Projektil im Schädel geblieben. Ich werd' jedenfalls erst einmal nach Hause fahren und 'ne Mütze voll Schlaf nehmen."

Ein kurzer Anruf von HK Sawitzki ergab, dass die Kugel erst gegen 10h aus dem Schädel geholt werden würde. Deshalb tippte sie die Kurznummer für Kommissar Christoph Winckelhof, ebenfalls zu ihrem Team gehörend, ein.

„Moin, Christoph, wie weit bist du mit der Sache Kowalski?"

„Moin, Anke. Der Bericht ist nahezu fertig. Ich muss nur noch eine Korrekturlesung machen und dann geht er zu Peterson." Dr. Thomas Peterson war seit einem halben Jahr der für sie zuständige Staatsanwalt. Bis auf seine Macke, ständig einen sorgfältigst gebügelten Anzug durch den Stern zu tragen, wie Emre sich einmal geäußert hatte, war er ein ausgezeichneter Staatsanwalt und Vorgesetzter.

„Sobald du durch bist, komme bitte rüber zu uns; wir müssen die Fotos gründlich auswerten und zum zweiten Frühstück wird dann der Bericht des Ballistikers hoffentlich vorliegen!"

Zuerst sortierten sie die Fotos nach den einzelnen Zimmern und klassifizierten sie nach augenscheinlicher Wichtigkeit. Sodann wurden die ihnen besonders wichtig erscheinenden Fotos an die Magnettafel gebracht. Einige Fotos wurden gescannt und vergrößert, damit nicht irgendwelche Kleinigkeiten übersehen wurden. Ein Außenstehender konnte den Eindruck erhalten, als sei eine Gruppe Erzieher dabei, für einen Haufen Kleinkinder Puzzles und Lernkärtchen herzustellen. Tatsächlich ging es darum unbefangen

Zusammenhänge und Widersprüchliches zu ermitteln.

„Der Kaffee ist fertig", flötete es aus dem Nebenraum, in dem Kommissar Winckelhof seinen Schreibtisch hatte. Außerdem befand sich dort die Kaffeemaschine, aber nicht, weil die rangniedere Person die Aufgabe hatte die Hauptkommissare mit Kaffee oder Tee zu versorgen, sondern weil im „Hauptraum" u. a. auch Zeugen kurz befragt wurden; eine zischende Kaffeemaschine hätte hier durchaus stören können. Übrigens war der Kaffeekonsum deutlich gestiegen, seitdem Winckelhof diese Arbeit übernommen hatte. Den Mokka, den HK Ohlendorff zubereitet hatte, konnte man nur mit Vorwarnung und abgehärteten Geschmacksnerven schlürfen; außerdem stieg nach zwei Tässchen der Blutdruck um bestimmt 20 Punkte. Im Gegensatz dazu war das, was HK Sawitzki als Kaffee servierte, bestenfalls als „Plörre" zu bezeichnen und nicht einmal dazu geeignet die Schlafsucht nach 19 Uhr zu vertreiben.

Winckelhof kam mit einer eleganten Wende um die Tür, die beide Räume miteinander verband, herum und setzte das Tablett mit der Isolierkanne und den Tassen sowie Zucker – Milch trank niemand – auf Ohlendorffs Schreibtisch.

„Ei, was sehe ich da?", fragte Emre Ohlendorff überrascht, „das sieht ja aus wie wunderbare Franzbrötchen, und die am frühen Morgen."

Winckelhof grinste breit und meinte nur: „Wenn ich schon unseren Dressman am frühen Vormittag beehre um ihm den Bericht vorzulegen, damit er eine seiner unergründlichen Entscheidungen fällen kann, dann muss auf dem Rückweg ein kleiner Umweg über die Kantine drin sein. Immerhin haben wir seit einer Woche eine neue Kantinenleitung, die ein Herz für Frühaufsteher und Spätheimkehrer hat. Ab 9 Uhr gibt es Ungesundes und Karies Förderndes, also Schoko-Croissants, Franzbrötchen und – für Diabetiker – mit „Kunstzucker" zubereitete so genannte Milchbrötchen."

Emre Ohlendorff schüttelte sich gespielt, da er sich gerade an seinen Großvater erinnerte, der als besondere Errungenschaft der deutschen Küche sonntags immer Milchbrötchen bestellte und diese in den Kaffee tunkte. Zu diesem Zweck hatte er sich extra eine große Tasse gekauft, in die etwa der Inhalt von vier bis fünf Espresso-Tässchen passte. Kein Wunder, dass „Opa" bis zum Mittag wie unter Dampf war, dann aber schnell ermüdete, was bei der Menge von Koffein durchaus nachzuvollziehen war.

Bevor Ohlendorff aber etwas sagen konnte, stöhnte der Kommissar auf: „Habt ihr irgendwo eine Portion Tzaziki versteckt?"

Emre und Anke blickten sich an, als könnten sie Kommissar Winckelhof nicht folgen.

„Wie kommst du denn darauf?", antworteten sie im Chor, mussten aber sofort lachen, ehe der Kollege Zeit hatte eine weitere Spitze los zu lassen.

„Es war gestern fast 11.00 Uhr, als wir den Tatort verlassen konnten. Wie du dem Hinweis am Pinbrett entnehmen konntest, haben wir einen merkwürdigen Mordfall im 'Nuss-Viertel'. Ein Mann ist regelrecht hingerichtet oder zumindest professionell erschossen worden. Augenscheinlich ist nichts gestohlen worden.

Der Mann muss seinen Mörder erwartet haben, denn er hatte beim Pizza-Service für zwei Personen bestellt. Es ist natürlich auch möglich, dass er jemand anderen erwartet hatte und deshalb die Tür geöffnet hat. Außerdem hätte der Täter den Weg nehmen können, den der Pizza-Ausfahrer genommen hat, als auf sein Läuten niemand zur Tür ging, nämlich um das Haus und die Garage herum und durch die offene Terrassentür ins Wohnzimmer. Aber nun schenk' erst einmal ein, sonst verdursten wir! Danke für das Gebäck."

„Übrigens", warf HK Ohlendorff ein, „als du vorhin kurz draußen gewesen bist, kam ein Anruf vom Krankenhaus. Bis auf eine leichte Prellung und einen Brummschädel hat der Pizza-Fahrer keine weiteren Schäden erlitten. Das alles stinkt nach einem Auftragsmord. Nur der Schumann sollte getötet werden; Unbeteiligte wurden, sofern sie nicht als Augenzeugen hätten dienen können, niedergeschlagen. Da hat der Junge wohl ziemliches Glück gehabt."

Kommissar Winckelhof nickte zustimmend. HK Sawitzki wirkte nicht, als sei sie überzeugt von dem, was die beiden Kollegen vortrugen. Sie blickte auf die Uhr an der Wand, eine alte Bürouhr mit Sekundenzeiger. Der Minutenzeiger sprang gerade auf 9.10 Uhr.

„Emre, hast du an den Pizzaservice gedacht?" HK Ohlendorff zuckte ein wenig zusammen. „Merde", stieß er zwischen den Zähnen hervor, „glatt vergessen. Das muss am Knoblauch liegen." Er tippte die Telefonnummer des Pizzaservice' ein. Schon beim zweiten Klingelton hob jemand den Hörer ab, als habe er direkt neben dem Telefon gesessen.

„Sole rosso, Pizza, Salat, Getränke. Guten Morgen. Was kann ich für Sie tun?"

HK Ohlendorff stellte sich vor.

„HK Ohlendorff, Landeskriminalamt. Spreche ich mit Herrn Wendeloh?"

„Richtig. Ich habe gestern bei der Revierwache 36 angerufen, weil..."

Karl-Heinz Wendeloh musste mit einem Mal schlucken, räusperte sich und stieß dann hervor:

„Mein Gott! Ist Jörg was passiert?"

„Sie können beruhigt sein. Herr Mahncke hat nur eine kräftige Beule am Kopf, ist aber schon aus dem Krankenhaus entlassen worden. Auch am Roller ist nichts beschädigt worden, wie Sie vermutlich bemerkt haben, als Sie den Roller gestern abgeholt haben." HK Ohlendorff hörte, wie der Pizza-Mann heftig atmete. „Da bin ich aber froh. Mensch, der Jörg ist doch so'n feiner Junge. Vielen Dank für Ihren Anruf."

HK Ohlendorff konnte gerade noch rufen: „Nicht auflegen! Ich benötige von Ihnen noch einige Auskünfte. Wann sind die Bestellungen eingegangen?"

„Da muss ich mal in die Liste gehen. Steht ja alles im Rechner, schon wegen der Steuer." Der HK hörte im Hintergrund das Tippen auf der Tastatur.

„So, jetzt habe ich alles. Wenn Sie wollen, kann ich Ihnen die Liste auch zumailen."

„Das ist eine gute Idee; dann übersehen wir nichts. Können Sie denn auch herausbekommen, wer die telefonische Bestellung durchgegeben hat?"

„Hm", brummelte Karl-Heinz Wendeloh, „das ist schon schwieriger. Es steht zwar der Name neben der Bestellung; sonst könnten wir ja nicht ausliefern. Aber wenn jetzt z. B. die Fuhre zur Familie Wendemuth geht, steht natürlich nicht dabei, ob Frau oder Herr Wendemuth die Bestellung aufgegeben hat. Und bei über hundert Bestellungen am Abend kann ich mir normalerweise nicht merken, welche Person die Bestellung aufgegeben hat."

HK Ohlendorff dachte kurz nach.

„Wissen Sie zufällig noch, wer die Bestellung für Familie Schumann aufgegeben hat?"

„Da haben Sie aber Glück, Herr Kommissar. Herr Schumann bestellt des Öfteren dienstags eine Kleinigkeit; am Donnerstag hat er meines Wissens noch nie etwas geordert. Gestern hat er gegen 19.30 Uhr angerufen und gebeten, dass die Pizzen zwischen halb Neun und Viertel vor Neun angeliefert werden sollten. Und wir sind bekannt dafür, dass wir immer pünktlich liefern. Ist denn bei Schumanns was passiert?"

„Darüber kann ich nicht mit Ihnen sprechen. Aber vielen Dank für Ihre Auskünfte. Sie haben uns sehr geholfen. Ich gebe Ihnen noch unsere Mail-Adresse."

HK Ohlendorff legte auf und drehte sich zu seinen Kollegen.

„Ich glaube nicht, dass uns diese Aussage weiterhilft. Anhand der Liste können wir zwar die Lieferzeiten für die ersten Kunden feststellen. Aber damit werden wir bestenfalls den Todeszeitpunkt um einige Minuten genauer festhalten können. Das bringt uns wirklich nicht weiter. Also bleibt uns nur die These vom Profikiller. Das Meiste passt schließlich."

„Ich weiß nicht so recht", erwiderte HK Sawitzki, „das ist alles so schön stimmig und glatt."

„Wenn wir das Motiv haben, wäre schon alles erledigt", meinte Winckelhof und korrigierte sich umgehend.

„Schön wär's, wenn es so einfach wäre", fügte er hinzu, wohl wissend, dass gerade bei solchen Kapitalverbrechen, hinter denen u. U. eine Organisation stand, Motive nicht frei Haus geliefert wurden.

„Was haben wir denn nun?", fragte HK Sawitzki in die Runde. Sie hängte an der Magnettafel einige Fotos auf, allerdings ohne erkennbare Ordnung. Dazu kamen drei Kärtchen mit handschriftlichen Hinweisen: Opfer: Schumann; Täter: Fragezeichen; Zeuge bzw. Opfer: Pizzafahrer Mahncke. Da die Tafel zugleich wie eine Art Beamer funktionierte, konnte man mit Hilfe des Rechners überall Bemerkungen hinschreiben oder Verbindungslinien ziehen oder Kästchen einrichten, in denen dann Gemeinsames ordentlich sortiert stand. So ließ HK Sawitzki rechts ein Kästchen für Notizen entstehen und schrieb von oben nach unten erst einmal einige Stichworte auf: Tatwaffe; Motiv; Nachbarn; Verwandte und Bekannte; Biographie des Opfers.

Mehrere Minuten starrten dann alle drei Kommissare auf die Tafel, aber das Material war zu dürftig um einen sinnvollen Ansatz zu finden. Plötzlich klopfte es, und ohne ein 'Herein' abzuwarten, wuselte HK Liesegang, die Ballistikerin, herein.

„Moin allerseits", rief sie mit einer Stimme, die überhaupt nicht zu ihrer Figur passte. HK Liesegang war klein und schmächtig, aber ihre Stimme klang, als habe sie zum Frühstück mit Whisky gegurgelt. Das hatte jedenfalls Emre Ohlendorff gemeint, nachdem er sie zum ersten Male gehört hatte.

„Unser Team hat allerhand herausgefunden. Hoffentlich nützen Ihnen die Hinweise ein wenig."

Die Bescheidenheit war eine der hervorragenden Eigenschaften der HK. Ballistiker hatten fast immer Untersuchungsergebnisse, die das Kriminalistenteam weiterbrachten. Da jede Waffe bestimmte Eigenschaften hat, die sich anhand von Riefen und anderen Spuren am Projektil niederschlagen, kann ein guter Ballistiker häufig die Waffe bestimmen, aus der die am Tatort gefundene Kugel abgeschossen worden ist. Ob sie dabei beim Auftreffen auf eine harte Oberfläche abgeplattet oder seitlich verschoben worden ist, spielt nur eine untergeordnete Rolle. Vor allem kann man, sobald man die Tatwaffe gefunden hat, diese eindeutig dem Projektil zuordnen.

„Moin. Gut, dass Sie schon Ergebnisse haben. Wir sind nämlich noch nicht über ein gewisses Anfangsstadium hinausgekommen", erwiderte HK Sawitzki. „Das einzige, was wir mit an Sicherheit grenzender Wahrscheinlichkeit sagen können, ist, dass der Täter oder die Täterin profimäßig schießen kann."

„Das passt ja wunderbar", meinte HK Liesegang. „Die Waffe ist eine nicht gerade moderne Pistole, die ursprünglich unter der Bezeichnung CZ 24 das Kaliber 9 mm hatte. Sie wurde aber in großer Stückzahl vor dem 2. Weltkrieg in der Tschechoslowakei unter der

Bezeichnung VZ-27 oder CZ 27 hergestellt, und zwar mit dem Kaliber 7,65, Reichweite ca. 50 Meter. Sie ist nach dem Vorbild der Pistole Mauser, die während des 1. Weltkriegs entwickelt wurde, ab 1927 ausgeliefert worden. Nach der Annexion durch die deutschen Faschisten übernahmen die Besatzer die Produktion. Als der 2. Weltkrieg zu Ende war, wurden noch etwa 150 000 Exemplare in der damaligen Tschechoslowakei gebaut. Aus verschiedenen Gründen ist dann die Waffe nicht mehr produziert worden, hat aber einige Nachfolgemodelle erlebt. Sie ist recht handlich, wird aber nur noch in Schützenvereinen benutzt, da sie mit dem etwas weichen Kaliber 7,65 nicht mehr den Anforderungen einer Polizei- bzw. Militärhandfeuerwaffe entspricht. Es gibt diverse Schalldämpfer für diese Pistole, so dass man abwägen kann, ob man lieber etwas genauer schießen möchte oder ob es darum geht kein unnötiges Geräusch zu verursachen. Ich habe allerdings noch keine CZ in der Hand gehabt."

„Das ist aber doch schon etwas", warf HK Ohlendorff ein, wobei nicht ganz klar war, ob er einen spöttischen Unterton nur deshalb vermieden hatte, damit HK Liesegang nicht gekränkt werde.

„Nun ja", ließ sich HK Sawitzki vernehmen, „wir suchen also nach einem Waffensammler oder einem Mitglied eines Schützenvereins, das sich besonders mit historischen Waffen beschäftigt. Damit hätten wir mit hoher Wahrscheinlichkeit einen Täter zu suchen, da Frauen in diesen Bereichen wohl eher selten anzutreffen sind."

„Da muss ich Sie enttäuschen", entgegnete HK Liesegang. „Bei den älteren Schützen machen die Frauen nur knapp zwanzig Prozent aus, bei den Jugendlichen sind, je nach Altersgruppe, dreißig bis vierzig Prozent weiblich, bei den unter 13-jährigen sogar fast fünfzig. Ob man das für vernünftig hält oder nicht, ist eine andere Sache. Immerhin sollte man deutsche Schützenvereine nicht mit US-amerikanischen vergleichen, bei denen sogar Kinder schwere Waffen benutzen dürfen. Übrigens – ich habe einen Abgleich mit registrierten Waffen vorgenommen: Die Tatwaffe ist nicht in Erscheinung getreten. Das BKA konnte uns auch nicht weiterhelfen."

„Es wäre auch zu schön gewesen", seufzte HK Sawitzki. "Was ist eigentlich mit dem Sohn? Hast du schon in Bremen angerufen?"

„Längst erledigt, aber der Kollege meinte, dass vor 9 Uhr niemand im Einwohnermeldeamt den Hörer abnehmen würde. Sobald er etwas Greifbares hat, ruft er uns an."

Wie aufs Stichwort klingelte das Telefon.

„HK Sawitzki, guten Morgen", meldete sich Anke Sawitzki vorschriftsmäßig. Dass die Anruferin oder der Anrufer mit dem LK 41 verbunden war, musste sie nicht erwähnen, weil alle Anrufe über die Zentrale geleitet wurden, damit nicht unnötigerweise drei oder vier Dienststellen feststellen mussten, dass sie gar nicht zuständig waren.

„Moin", kam es weniger vorschriftsmäßig aus dem Hörer, „Wiedeke, Kripo Bremen. Ich hab' da heute Morgen eine Anfrage Ihres Kollegen Ohlendorff bekommen; es ging um einen Simon Schumann, der in Bremen studieren soll. Wir haben einen Simon, 23 Jahre alt, studiert Wirtschaftsingenieur." Der Kollege gab noch die Anschrift und die Telefonnummer durch.

„Worum geht's eigentlich?"

HK Sawitzki bedankte sich für die prompte Auskunft und erwiderte:

„Der Vater dieses Studenten ist offenbar ermordet worden. Könntet Ihr vielleicht die Nachricht überbringen?" Der Kollege atmete hörbar durch. Es gehört auch für „altgediente" Beamte zu den schrecklichsten Aufgaben, den Verwandten eines Mordopfers oder eines durch Gewalt oder Unfall getöteten Menschen darüber Kenntnis zu geben. Es gab sogar Situationen, bei denen die psychische Belastung so groß wurde, dass die Kriminalisten hinterher der Hilfe des psychologischen Dienstes bedurften.

„Ich übernehme das schon und gebe hinterher Bescheid, wie der Junge reagiert hat."

Anke Sawitzki bedankte sich und legte den Hörer auf.

„An die Arbeit!", stöhnte HK Ohlendorff. „Hoffentlich gibt es nicht allzu viele Besitzer dieser Waffe!"

In der Tat stand jetzt die langweilige, aber dennoch wichtige Routinearbeit an. Es galt alle Besitzer einer CZ in Hamburg und Umgebung herauszufinden, und wenn das nicht zu weiteren Erkenntnissen führte, diese Nachforschungen auf das gesamte Bundesgebiet auszudehnen.

„So lange wir die Waffe nicht haben, dürften alle Nachforschungen wenig Brauchbares bringen. Ich werde einmal bei Interpol nachfragen, ob in den letzten zwei, drei Jahren eine CZ 27 bei einem Mord eine Rolle gespielt hat. Aber ich glaube nicht, dass ich erfolgreich bin", setzte Emre Ohlendorff hinzu.

Freitag, 11.00 Uhr

HK Ohlendorff schlürfte gerade seine dritte Tasse Kaffee, als kurz und laut an die Tür geklopft wurde. Bevor jemand „Herein!" rufen konnte, wurde die Tür förmlich aufgerissen und ein mittelgroßer, schlanker Mann stürzte herein. Die Kommissare hoben, als hingen sie an den Drähten eines Marionettenspielers, gleichzeitig den Kopf und runzelten die Brauen.

„Entschuldigen Sie meinen etwas plötzlichen Eintritt! HK Mahlmann vom BKA. Ich habe erst heute früh von Ihrem Fall erfahren und bin dann sofort hierher geeilt. Herr Dr. Peterson weiß Bescheid."

Die Kommissare mussten erst einmal schlucken. Was hatte denn das BKA hier zu suchen? HK Sawitzki fand als erste die Sprache wieder.

„Guten Tag, Herr Kollege. Um welchen Fall handelt es sich denn?"

„Hat man Sie nicht informiert?", fragte HK Mahlmann konsterniert. „Polizeirat Holtzkamp müsste doch..." Offenbar hatte es jetzt HK Mahlmann die Sprache verschlagen.

„Polizeirätin Dr. Holtzkamp", HK Sawitzki betonte jedes Wort, als wolle sie spitze Pfeile auf den BKA-Beamten losschießen, „hat bisher nicht angerufen, auch Staatsanwalt Dr. Peterson nicht. Ich frage mich sowieso, zu welchem Fall man Sie hierher geschickt hat."

HK Mahlmann wischte sich den Schweiß auf der Stirn mit einem blütenweißen Taschentuch ab: „Es geht um das Tötungsdelikt Schumann. Wir haben doch von Ihnen eine routinemäßige Anfrage erhalten und haben in unseren Akten etwas über Herrn Schumann entdeckt. Deshalb hat man mich sofort zu Ihnen geschickt, damit ich Ihnen unter Umständen behilflich sein kann."

Die drei Kommissare blickten sich an und jeder wusste, was der andere dachte. Hier war etwas faul im Staate Dänemark. Wenn das BKA so plötzlich erschien, lag immer etwas Merkwürdiges vor. Entweder hatte es noch „eine Leiche im Keller", wie man zu sagen pflegt, wenn etwas nicht aufgeklärt worden ist, oder es gab eine Anweisung von „Oben", was auch heißen konnte, dass das BfV, das Bundesamt für Verfassungsschutz, involviert war. In solchen Fällen hatte es häufig den Versuch des BKA gegeben, die Ermittlungen im Sinne des BfV voran zu treiben.

„Gehe ich recht in der Annahme", fuhr HK Sawitzki fort und zitierte eine Frage aus einem TV-Ratespiel der siebziger Jahre des letzten Jahrhunderts mit dem Titel „Was bin ich?"; eine Ratefrau pflegte diese umständliche Formel anzuwenden um die befragte Person zu irritieren, so dass sie vielleicht mit „ja" antwortete und das Rateteam „am Ball" blieb. Selbst nach 1970 Geborene kannten diese Formel. Aus der Ecke, in der HK Winckelhof saß, hörte man ein seltsames Glucksen.

HK Sawitzki setzte die angefangene Frage fort ohne sich um irgendwelche Erstickungsanfälle des Kollegen Winckelhof zu kümmern: „Ist es also möglich, dass Sie uns etwas sehr Wichtiges zu Herrn Schumann sagen können?"

Sie blickte unauffällig zu Christoph Winckelhof; der saß scheinbar vollkommen ruhig auf seinem Stuhl, als könne er kein Wässerchen trüben, hatte aber eine seltsam dunkle Gesichtsfarbe, als habe er zu lange unter einem Bräunungsgerät gelegen.

HK Mahlmann war offensichtlich nicht wohl in seiner Haut. Seine Körpersprache war wie die eines Schülers, der gerade bekennen soll, dass er seine Hausaufgaben vergessen hat.

„Nun ja, es gibt da gewisse Dinge oder Ereignisse, die die Sicherheit der Bundesrepublik Deutschland berühren könnten."

Mehr wollte HK Mahlmann vermutlich nicht sagen. Entweder wusste er nicht mehr oder man hatte es ihm untersagt Konkretes verlauten zu lassen. Da in diesem Augenblick das Telefon läutete, blieben weitere Fragen unausgesprochen.

„Sawitzki", meldete sich die HK kurz angebunden.

„Frau Sawitzki", erklang die Reibeisenstimme der Ballistikerin, „die Untersuchung des Geschosses hat noch etwas ergeben. Vermutlich handelt es sich um Munition, die in der ehemaligen CSSR produziert worden ist, und zwar für das Ausland, insbesondere für Israel. Dort sollen noch einige hundert Exemplare beim Mossad * (*israelischer Auslandsgeheimdienst: Anm. d. Autors) vorhanden sein, der die Waffe wegen ihrer Handlichkeit schätzt. Allerdings soll die Waffe im Laufe der Jahre durch eine moderne ersetzt werden. Die letzte Munitionslieferung ist auf Umwegen 1978 erfolgt. Entweder gibt es darüber Akten beim BKA oder sogar welche beim BND. Ich weiß nicht, ob Ihnen das nützt, denn es bleiben ja einige Dutzend verschiedene Möglichkeiten, woher die Waffe stammt." Die Ballistikerin erläuterte, wie sie zu dieser Feststellung gekommen war.

„Danke, Frau Liesegang", flötete HK Sawitzki in den Hörer, „das hilft uns ganz enorm weiter."

Der Blick, mit dem sie den BKA-Beamten bedachte, führte dazu, dass außer Kommissar Winckelhof auch HK Ohlendorff einen sonnenbrandähnlichen Teint bekam. HK Mahlmann bemerkte offensichtlich nichts, sondern zeigte nur ein verwundertes Gesicht.

„Könnten Sie mich bitte auf dem Laufenden halten", klang es eher eingeschüchtert als wirklich von Wissbegierde getragen; entweder war der HK tatsächlich überfordert oder er hatte schlicht einen schlechten Tag erwischt. Eigentlich arbeiteten im BKA durchaus fachlich versierte Kolleginnen und Kollegen. Schließlich gab es immer wieder mehrere Bewerbungen, wenn eine Stelle ausgeschrieben wurde. Das BKA nahm nicht jeden.

„So, Kollegen", fuhr HK Sawitzki fort, „die Munition ist mit großer Wahrscheinlichkeit identifiziert. Sie passt tatsächlich zur CZ 27 und ist in der früheren Tschechoslowakei produziert worden. Das ergibt die Analyse des Geschosses, das aus einer bestimmten Legierung besteht. Vielleicht erhalten wir von den Kollegen in Prag eine Liste der Käufer oder eventuell offizieller Bezieher dieser Munition. Inzwischen ist der Eiserne Vorhang ja glücklicherweise verschwunden, wenngleich in der offiziösen Politik ab und zu gewisse Ressentiments durchschimmern," - selbst HK Ohlendorff war immer wieder verblüfft, wenn seine Kollegin wie eine dozierende Polizeioberrätin formulierte - „was durchaus vor dem Hintergrund des Zweiten Weltkriegs und der Besetzung der, wie es hieß, Restslowakei im März 1939 verständlich ist. Herr Kollege", wandte sie sich an den BKA-Hauptkommissar, „vielleicht könnten sie ja Ihre gewiss hervorragenden Beziehungen zum befreundeten Ausland nutzen und unsere Kollegen in Prag um Amtshilfe ersuchen und", fügte sie, als sie den etwas verblüfften Gesichtsausdruck sah, hinzu, „auch natürlich die Kolleginnen."

„So behält man alle Trümpfe in der Hand", dachte HK Ohlendorff, „damit man sie im entscheidenden Moment ausspielen kann."

HK Mahlmann brummelte irgendetwas vor sich hin, machte aber doch Anstalten, sich zu erheben.

„Äh", unterbrach er gewissermaßen seine Bewegung, „ich benötige aber einen Telefonanschluss und einen Raum. Ich kann ja nicht gut an einem dieser Schreibtische arbeiten."

Er wies auf die drei Tische, die mit den üblichen Gegenständen bedeckt waren, wobei auf HK Ohlendorffs Schreibtisch unübersehbar eine Zeitung lag, die das linke Spektrum schon seit Jahren mit Artikeln bediente, die in den überwiegend konservativen Blättern nicht zu finden waren, ganz zu schweigen von den so genannten Boulevardblättern, die in erster Linie nur vermeintliche Sensationen und Pinups unters Volk brachten.

„Kollege", kam es glatt über HK Sawitzkis Lippen, „das ist alles schon auf den Weg gebracht, wie ich unsere Rätin kenne. Und ein Diensthandy werden Sie doch wohl haben. Eine feste Nummer bekommen Sie vermutlich nicht, da die Einrichtung immer ein paar Tage in Anspruch nimmt und sehr aufwändig ist. Es ist ja auch nicht nötig, dass sämtliche Dienststellen direkt mit Ihnen verbunden werden können; über die Zentrale geht's ja auch. Sie bekommen jedenfalls die Liste des LK 41 zur Verfügung. Gegen Quittung erhalten Sie den Schnellhefter in der Materialausgabe."

HK Mahlmann machte ein Gesicht wie die bekannten drei Tage Regenwetter und setzte seine angefangene Bewegung zur Tür fort. Kurz vor der Tür drehte er sich um und die Kommissare konnten so etwas wie „natürlich" hören. Und dann war HK Horst Mahlmann auch schon auf dem Flur, nachdem er nahezu geräuschlos die Tür ins Schloss gezogen hatte.

Kommissar Winkelhof konnte sich offensichtlich nicht mehr halten und prustete los.

„Was für eine Null ist das denn?", fragte er in die kleine Runde, „der war ja völlig von der Rolle."

„Mensch, Anke", stöhnte HK Ohlendorff, „hoffentlich hast du es nicht zu sehr auf die Spitze getrieben!"

HK Sawitzki lächelte schwach. „Ich habe doch nichts Boshaftes geäußert, habe mich sogar gewissermaßen seiner aktiven Mitarbeit versichert und ihm die Wichtigkeit seiner Aufgabe deutlich gemacht. Was wollen wir mehr? Eine zusätzliche Hilfskraft schadet bestimmt nicht, solange wir das Heft in der Hand behalten. Es ist ja nicht so, dass wir nicht genügend Arbeit hätten, und die Beziehungen des BKA sollten wir nutzen. Ich denke, dass der Kollege selbst überrascht worden ist und zudem weiß, dass keine Dienststelle es liebt, wenn man ihr einen Mitarbeiter schickt, dessen Auftrag nicht unbedingt genau mit dem der Dienststelle übereinstimmt. Seien wir also nachsichtig, auch wenn er hier eben eine seltsame Rolle gespielt hat!" Sie blickte auf ihre Armbanduhr.

„Wenn wir noch etwas zu essen haben wollen, das nicht totgewärmt ist, sollten wir uns sputen. Es geht hart auf Zwei."

Damit drehte sie sich um und ging zur Tür; die Kommissare Ohlendorff und Winckelhof folgten ihr unauffällig.

Freitag, 14.30 Uhr

„Der neue Kantinenpächter macht sich", meinte HK Ohlendorff, als die drei Kommissare wieder im Büro waren, „sein Curryhuhn war wirklich würzig und scharf."

„Sogar der Espresso hatte einen gewissen italienischen Charakter", fügte Kommissar Winckelhof leicht spöttisch hinzu, und HK Sawitzki konnte es natürlich nicht lassen dem noch eine Bemerkung zum Mokka hinzuzufügen.

„Der griechische Mokka war wirklich schwarz und süß; so, wie er sein soll."

Emre Ohlendorff wollte etwas erwidern, als ihm gerade noch rechtzeitig einfiel, dass seine Kollegin, mit der er nun schon seit über fünf Jahren zusammenarbeitete, es immer einmal wieder darauf anlegte ihn mit seinen Vorfahren ein wenig aufzuziehen. Er blickte zu ihr hinüber: HK Sawitzki grinste bereits.

„So, nun sollten wir wieder an unsere Arbeit denken", schloss sie den halb privaten Teil des Gesprächs. „Christoph, du befragst die Nachbarn, was sie so über den Herrn Schumann wissen; vor allem interessiert mich, ob er häufig Besuch hatte. Ich werde mich mal den Geschäften des Herrn widmen. Immerhin scheint er doch ganz angenehm gelebt zu haben; nicht protzig, aber auch nicht armselig. Emre, du sichtest alles, was wir an Material bisher bekommen haben! Außerdem sollten wir den Kollegen in Bremen fragen, was sein Besuch bei dem Sohn erbracht hat. Falls es nötig werden könnte den Sohn zu befragen, wird wohl einer von uns nach Bremen fahren müssen. Per Telefon ist das meiner Ansicht nach nicht angemessen. Aber für eine Fahrt bekommen wir vermutlich keine Genehmigung."

Die Kommissare erhoben sich und machten sich an die Arbeit.

Freitag, 15.00 Uhr

HK Sawitzki saß am Rechner und befragte das Internet. Schumanns gab es wie den berühmten Sand am Meer. Horst-Joachim Schumann gab es schon deutlich weniger, aber immer noch so viele, dass ohne weitere Differenzierung nichts zu erreichen war. Erst die Eingabe „Kaufmann" erbrachte ein paar kleine Artikel über eine Firma, die unter dem Namen „Wholesale And Foreign Trade. Ltd" verschiedene Außenhandelszweige bediente: Maschinen, technische Geräte. Ein Anruf beim Amtsgericht, Abteilung 66, machte deutlich, dass Herr Schumann nur noch so etwas wie „Stiller Teilhaber" gewesen war. Die Firma gehörte inzwischen zu einem international tätigen Konzern, der fälschlicher Weise von vielen Menschen mit Back- und Puddingpulver in Verbindung gebracht wurde. Tatsächlich fuhren diverse Schiffe auf den Weltmeeren und die Produktpalette umfasste Nahrungsmittel, Maschinen und anderes. Zudem unterhielt der Konzern Luxus-Hotels und Verlagshäuser. Dass die Geschichte der Firmeneigner auch einige – insbesondere braune – Flecken aufwies, schien bisher keine Bundesregierung gestört zu haben. So wurden zugunsten des Konzerns sogar Gesetze erlassen, die vor allem die Steuerlast des Eigentümers erheblich verringerten. HK Sawitzki lehnte sich zurück und dachte eine Weile nach. Dann rief sie einen Kollegen aus der Abteilung für Wirtschaftsstrafsachen an.

„Hallo, Frank! Hier ist Anke. Hättest du ein paar Minuten für mich?"

„Verehrte Kollegin", frotzelte HK Weise, „für dich habe ich immer Zeit. Worum geht's denn?" HK Sawitzki erklärte ihrem Kollegen, mit dem sie vor einigen Jahren das Ausbildungsmodul IV, Grundlagen der Kriminalwissenschaften, absolviert hatte.

„Mich interessiert vor allem, welche Teile der Schumann-Firma in den Konzern eingegliedert worden sind. Ich habe so einen Verdacht, dass ein Teil der Lösung unter Umständen in diesem Bereich zu finden ist."

Kommissar Winckelhof versuchte aus Schumanns Nachbarn etwas Brauchbares heraus zu bekommen. Die meisten hatten nur Belangloses zu bieten. Sie hatten Herrn Schumann nur selten gesehen und außer einem „Guten Tag" hatten sie keinerlei Wortwechsel mit ihm gehabt.

Als seine Frau noch lebte, gab es die üblichen „Über-den-Zaun"-Gespräche: „Wie geht's den Hortensien? Lohnt sich ein Kantentrimmer für den Rasen? Was machen die Kinder?" Aber schon damals hatte Herr Schumann sich selten blicken lassen, was natürlich auch daran lag, dass er des Öfteren nicht anwesend war. Seine Frau hatte einmal bemerkt, dass ihr Mann häufig im Ausland zu tun habe und deshalb schon mal 14 Tage nicht zu Haus war.

Der Kommissar notierte alles gewissenhaft und ging von einem zum anderen Grundstück. Sechs Nachbarn hatte er schon befragt, als statt des üblichen „Zeigen Sie mal den Ausweis!" ein fröhliches „Moin!" ertönte. Eine adrette ältere Dame – Frau Mertens – wie das Schildchen unter dem Klingelknopf ihn belehrte – öffnete schon die Tür, bevor er den Klingelknopf erreicht hatte.

„Na, junger Mann, kommen Sie mal rein. Ich hab' schon 'nen Tee aufgebrüht. Sie müssen ja ganz trocken sein von der vielen Fragerei. Nu' gucken Sie mal nicht so perplex! Ich hab' Sie die ganze Zeit beobachtet. Ist ja sonst nichts los hier."

Kommissar Winckelhof steckte seine Kennkarte wieder ein und nannte seinen Namen, aber Frau Mertens schien im gar nicht zuzuhören. Widerstrebend folgte der Kommissar der alten Dame in ein etwas plüschiges Wohnzimmer, das penibel aufgeräumt und sehr sauber aussah. Auf einem Tischchen stand bereits eine Teekanne, die von einem kleinen Teelicht warm gehalten wurde. Daneben befand sich eine Schale mit hellem Gebäck. Außerdem hatte Frau Mertens ein Kännchen mit Sahne und ein Schälchen mit braunem Kandis auf den Tisch gestellt. Zwei typisch friesische Teetassen warteten nur darauf gefüllt zu werden.

„Nehmen Sie doch Platz, junger Mann! 'ne gute Ostfriesenmischung ist selbst im Sommer nicht zu verachten. Kluntjes und Sahne schaden auch nicht." Sie schenkte ihm ein und ermunterte ihn vom Gebäck zu nehmen.

„Die Teekekse sind nach einem Rezept meiner Mutter. Mit guter Butter und feinem Mehl. Langen Sie man zu! Die sind ganz frisch."

Kommissar Winckelhof biss in einen Keks. Ein leichter Vanille-Geschmack erfüllte seinen Mund und der Duft der Kekse schien sich erst jetzt so richtig im Zimmer auszubreiten. Irgendwie fühlte sich Winckelhof an Weihnachten oder die Adventszeit erinnert; er nahm einen Teelöffel Kandis und rührte heftig in der Tasse herum, bis sich der braune Zucker aufgelöst hatte. Er wollte gerade ein Schlückchen nehmen, als Frau Mertens ihn zurückhielt.

„Da fehlt noch das Wulkje, Herr Kommissar." Fragend blickte der Kommissar die alte Dame an. Da er die ersten zwanzig Lebensjahre in einem Vorort von Mainz zugebracht hatte, sich dann erst in Hamburg für den gehobenen Dienst beworben hatte und auch angenommen worden war, waren ihm Kluntjes und Wulkjen im Zusammenhang mit Tee unbekannt. Frau Mertens zeigte ihm, wie man die Sahne vorsichtig in den Tee strömen ließ, und Winckelmann verstand, woher die Bezeichnung Wölkche kam. Vorsichtig nahm er einen Schluck und im gleichen Augenblick wusste er, dass diese Tasse nicht die einzige bleiben würde. In Verbindung mit den Keksen entfaltete der Tee sein Aroma, so dass der Kommissar fast vergaß, weswegen er hier war.

„Ein herrlicher Tee, Frau Mertens. Und dann erst die Kekse. Aber eigentlich bin ich ja hier um Sie nach Herrn Schumann zu befragen."

„Dann legen Sie mal los, Herr Winckelhof!" Der Kommissar war erneut überrascht. Da hatte die alte Dame ganz genau zugehört, als er beim Hineintreten ins Haus seinen Namen und Rang genannt hatte. Erstaunlich!

„Wie lange kennen Sie Herrn Schumann?"

„Fast 60 Jahre, Herr Kommissar. Ich bin hier vor 75 Jahren zur Welt gekommen und die Eltern von Herrn Schumann haben gleich nach der Währungsreform das Haus gebaut. Anfang der 50er Jahre ist dann Horst, also Herr Schumann, zur Welt gekommen. Da hatten wir", und dabei schaute Frau Mertens liebevoll zu einem Foto, das offenbar ihren Mann und ihre Tochter zeigte, „schon ein kleines Mädchen. Und unsere Kati hat dann mit Horst gespielt. Nun ja, mein Mann ist vor fünf Jahren gestorben und meine Kleine lebt mit ihrer Familie in Trier. Da kommt sie auch nicht jede Woche zu Besuch."

Vorsichtig unterbrach Kommissar Winckelhof den Redeschwall der freundlichen Dame, die wohl selten Gelegenheit hatte mit anderen Leuten zu reden.

„Wie war das eigentlich mit dem Unfall?"

„Oh, das war ganz furchtbar. Das muss ein Autounfall gewesen sein. Da war der Simon, also der Sohn, gerade zwölf oder dreizehn Jahre alt. Und er hat doch so sehr an seiner Mutter gehangen. Er ist dann auch zwei oder drei Wochen nicht zur Schule gegangen. Aber sein Klassenlehrer, ein Herr Rubens oder so, hat sich um ihn gekümmert und war auch oft nachmittags hier um den Jungen auf dem Laufenden zu halten. Er hat sich wohl irgendwann gefangen und ist nach dem Abitur am Bramfelder Gymnasium nach Bremen gezogen um dort zu studieren. Ich habe ihn allerdings schon seit zwei oder drei Jahren nicht mehr gesehen. Darf ich Ihnen noch ein Tässchen Tee einschenken?"

„Ja, gern, Frau Mertens. Wie war es denn in den letzten Jahren mit Herrn Schumann?"

Die freundliche Dame versank in nachdenkliches Schweigen. Kommissar Winckelhof rührte in seiner Teetasse und knabberte an einem weiteren Keks, dem fünften oder sechsten.

„Eigentlich kann ich gar nichts sagen", setzte Frau Mertens unvermittelt wieder ein. „Ich habe ihn in den letzten zwei oder drei Jahren kaum gesehen, geschweige denn gesprochen. Manchmal grüßte er über den Zaun, aber da er sich nicht um seinen Garten kümmerte – das macht ein Gärtner – gab es auch kaum eine Gelegenheit für ein Gespräch. Außerdem war er häufig unterwegs, so dass er bisweilen drei oder vier Wochen weg war, dann wieder nur wenige Tage. Vermutlich waren das Geschäftsreisen. Er hat ja, wie ich von Simon mal gehört habe, mit allem Möglichen gehandelt. Vor einigen Jahren hat er zwar seine Firma verkauft, aber er soll ein Büro im Haus eingerichtet haben, was ja heutzutage kein Problem ist: Rechner, Internetanschluss und vielleicht noch ein Faxgerät." Sie blickte Kommissar Winckelhof, dessen Gesichtszüge leicht weggerutscht aussahen, mit einem milden Lächeln an.

„Nur weil ich weiße Haare habe und auf die Achtzig zusteuere, bin ich noch lange nicht hinterm Mond. Was meinen Sie wohl, habe ich aus dem Kinderzimmer gemacht, nachdem mein Mann vor sechs Jahren verstorben ist? Ich habe mir von meiner Enkelin einen richtig schönen Arbeitsplatz einrichten lassen. Das ist doch eine wunderbare Verbindung mit der Außenwelt. Meine Enkelin hat ja das Glück, an der Universität Trier immatrikuliert zu sein; so kann sie bei ihren Eltern wohnen und spart die Kosten für ein Studierendenzimmer. Sie hat eine Web-Kamera in ihrem Rechner und mir hat sie vor zwei Jahren auch eine eingerichtet."

Der Kommissar staunte immer mehr und vergaß beinahe, weswegen er in diesem gemütlichen Wohnzimmer saß. Gedankenverloren schenkte er sich noch ein Tässchen Tee ein, fügte den Kandiszucker hinzu, ließ ein „Wölkchen" in die Tasse gleiten und biss von einem weiteren Keks ab. Ein hässliches Geräusch ließ ihn aus seinem leicht verträumten Zustand hoch schrecken: sein Mobilphone! Er hasste den Begriff Handy, weil er etwas vortäuschte, was das Gerät nicht war. Schließlich war das Gerät nichts weiter als ein Funktelefon, wenngleich ein mit vielen Kleinigkeiten vollgestopftes. Um Entschuldigung bittend erhob er sich und ging in den Flur.

„Nun, Anke, was gibt's?", meldete er sich, da das Display ihm die interne Telefonnummer der Hauptkommissarin angezeigt hatte.

„Wir sind, glaube ich, ein Stückchen weiter gekommen. Das Opfer hat sich in Bereichen umgetan, die zumindest das Etikett „anrüchig" vertragen können. Seine Firma hat er bereits vor einigen Jahren nahezu vollständig an einen international tätigen Konzern verkauft und nur eine Art stille Teilhaberschaft behalten, so dass er etwa im Umfang von 10 % an den Ergebnissen beteiligt gewesen ist. Außerdem soll er von seinem Arbeitszimmer, das wir als Kinderzimmer angesehen haben, bestimmte Geschäfte weiterhin getätigt haben. Genaues konnte ich in der kurzen Zeit noch nicht heraus bekommen. Aber Frank von der Wirtschaft wird versuchen Details zu finden und eventuelle Verbindungen herauszubekommen."

Kommissar Winckelhof unterbrach seine Kollegin.

„Wie macht sich denn unser neuer Mitarbeiter?"

„Er ging hinfort und ward nicht mehr gesehen", spöttelte Anke Sawitzki. „Im Ernst: seit er zum Mittagessen in die Kantine gegangen ist, habe ich nichts mehr von ihm gehört. Wie sieht's bei dir aus?"

„Ich bin hier bei einer Nachbarin des Herrn Schumann, die mich mit wunderbaren Keksen und herrlichem Tee aus Ostfriesland verköstigt." HK Sawitzki lachte glucksend.

„Seit wann wächst in Ostfriesland Tee? Bist du zum Norddeutschen konvertiert oder dient dir Emre als Beispiel, der ja noch immer glaubt, dass Kaffee in der Türkei wächst."

Der Kommissar musste lachen.

„So weit ist es noch nicht. Ich weiß auch, dass es nur die Zubereitungsart ist. Frau Mertens, also die Dame, die ich gerade befrage, nimmt Tee aus Ceylon, wie sie sagt. Ich werde aber im Büro nach wie vor lieber Kaffee trinken, auch wenn Emre ihn bisweilen mehr als stark macht; Hauptsache, er verwendet nicht Kopi Luwak. Das erinnert mich immer an Freddie Frinton, als er aus Versehen das vermutlich stinkende und bitter schmeckende Blumenwasser trinkt und glaubt, dass der Tiger in die Vase gepisst habe. 'I'll kill that cat!', ruft er und verzieht das Gesicht. Aber wir sollten zur Sache kommen. Anscheinend hat Herr Schumann einen Teil seiner Geschäfte, wie du bereits erwähnt hast, von seinem Haus aus weiter geführt. Er soll häufig unterwegs gewesen sein. Allerdings weiß Frau Mertens wohl nicht, ob er schlicht eine Art Urlaub gemacht hat oder in geschäftlichen Dingen unterwegs gewesen ist. Mehr habe ich nicht herausbekommen."

„Für heute reicht's ja auch. Komme doch bitte gleich zum Stern! Dann können wir noch einen Abgleich machen und vielleicht ist Kollege Mahlmann bis dahin auch wieder aus der Versenkung aufgetaucht."

Kommissar Winckelhof drückte auf die Austaste und ging ins Wohnzimmer zurück. Frau Mertens sah ihn fragend an.

„Meine Chefin hat mir noch einige Neuigkeiten mitgeteilt; aber nun muss ich dringend ins Präsidium zurück. Es tut mir sehr leid, dass ich so abrupt aufbrechen muss."

„Das macht doch nichts, Herr Kommissar. Wenn die Chefin ruft und der Stern wartet, muss man sich fügen. Vielleicht kommen Sie irgendwann einmal bei mir wieder vorbei. Sie sind jedenfalls herzlich eingeladen."

Kommissar Winckelhof war zum dritten oder vierten Mal am heutigen Nachmittag verblüfft. „Fit wie ein Turnschuh", hätte sein Kumpel von der SV Polizei (Sportvereinigung Polizei Hamburg, Anm. d. Autors) gesagt.

Freitag, 17.15 Uhr

Es roch bereits auf dem Flur nach Ohlendorff-Kaffee. Kommissar Winckelhof betrat das Büro. HK Sawitzki saß vor dem Rechner und blickte nur kurz auf, als der Kommissar eintrat. HK Ohlendorff schenkte sich gerade Kaffee ein und grinste vielsagend seinen Kollegen an. „Na, ist noch Platz für ein Tässchen original türkisch-griechischen Arabicas aus Faretrade-Anbau in deinem ostfriesisch angehauchten Adonisleib?" Da hatte wohl seine Chefin das Telefon auf Mithören gestellt, so dass jeder im Büro erfuhr, womit sich Kommissar Winckelhof den Nachmittag vertrieb.

„Kann mein sensibler Magen denn deinen Super-Mokka vertragen oder hast du endlich einmal kultivierten Kaffee gebraut? Und bist du sicher, dass es sich um ein Faretrade-Produkt handelt, oder mussten viele Kinder in den bolivianischen Bergen die Bohnen ernten?"

„Noch so 'ne Bemerkung und du erntest auch Bohnen, aber blaue", flachste HK Ohlendorff zurück. Nun mischte sich noch die leitende HK Sawitzki ein.

„Leute, lasst uns mal zusammentragen, was wir an wichtigen Hinweisen haben. Es kann doch nicht sein, dass wir vielleicht eine halbe Stunde nach der Tat am Tatort sind, und nun haben wir außer ein paar allgemeinen Hinweisen nichts Greifbares in Händen. Die Spusi hat außer ein paar älteren Fingerabdrücken, die vermutlich vom Sohn stammen, nichts entdeckt. DNA-Spuren sind nicht vorhanden, die Waffe ist unauffindbar, geraubt wurde offenbar auch nichts und die Nachbarn haben wenig Tief-schürfendes beitragen können. HK Mahlmann hat bisher auch nichts von sich hören lassen. Christoph, was haben deine Befragungen erbracht?" Kommissar Winckelhof wiederholte, was er seiner Vorgesetzten bereits am Telefon mitgeteilt hatte. HK Ohlendorffs Recherchen hatten auch nichts erbracht. Eine CZ 27 hatte in den vergangenen Jahren keine Rolle in irgendwelchen Mordfällen gespielt.

„Überwiegend wurden in den letzten Jahren andere Waffen im Zusammenhang mit Mordfällen bekannt", referierte HK Ohlendorff. „Ich denke da vor allem an die acht oder neun Morde an türkischen Händlern. In Nürnberg hat die Staatsanwaltschaft eine Sonderkommission namens Bosporus eingerichtet. Alle Opfer sind mit einer Ceska 83 umgebracht worden. Die 83 ist ja ein regelrechter Exportschlager der tschechischen Waffenindustrie geworden. Auf der Basis der Ceska 82, die mit so genannter Ostmunition geladen wird, ist die CZ 83 für Browning 9 mm eingerichtet. Aber ähnliche Fälle hat es mit der ehemaligen Standardwaffe P08, genannt Luger nach ihrem Konstrukteur, gegeben. Da es sich bei unserem Modell aber ebenfalls um eine Standardwaffe handelt, die zu Hunderttausenden verkauft worden ist, dürften unsere Recherchen letztlich ins Nichts laufen." HK Sawitzki stöhnte gespielt auf.

„Unsere Sig Sauer existiert ja auch schon seit über dreißig Jahren. Das wird noch eine harte logistische Aufgabe werden alle vorhandenen Exemplare einzusammeln und eventuell zu vernichten, wenn demnächst die Walther kommt."

In die letzten Worte hinein wurde an die Tür geklopft. Die Kommissare guckten sich fragend an; immerhin ging es auf 19 Uhr zu und um diese Zeit war nur eine Art Notbesatzung vorhanden. Die Nachtschicht gibt es vor allem im Bereich der Schutzpolizei, während die Kriminalpolizei nur in akuten Fällen ausrückt. Die Hauptarbeit der Kripo besteht vor allem darin, mit Hilfe vieler wissenschaftlicher Mitarbeiter wie Spurensicherung (im internen Gebrauch Spusi genannt), Gerichtsmedizin und Kriminaltechnischer Untersuchungsstelle (KTU) zu schlüssigen Beweisen zu kommen. In der KTU werden kriminaltechnische Spurenuntersuchungen vorgenommen und hierauf basierend gerichtsverwertbare Gutachten erstellt. Die Untersuchungen erfolgen insbesondere in den Fachbereichen Daktyloskopie, Urkunden, Werkzeuge und deren Spuren, Schusswaffen und Schusswaffenspuren. Außerdem werden Daten aus EDV-Anlagen sicher gestellt und ausgewertet. Diese Arbeiten werden normalerweise in der allgemein üblichen Arbeitszeit verrichtet, so dass im Stern, der sowohl das Polizeipräsidium als auch das Landeskriminalamt (LKA) beherbergt, ab etwa 18 Uhr in vielen Büros das Licht ausgeschaltet ist. Eine Ausnahme stellt das LKA 417 dar, das für ungeklärte Todesfälle zuständig ist; immerhin gibt es davon rund 5000 im Jahr. Und der Sensenmann mäht nicht nur zwischen 7 Uhr und 18 Uhr. Deshalb ist diese Dienststelle rund um die Uhr besetzt.

HK Sawitzki rief 'Herein!', die 'Tür wurde geöffnet und Polizeirätin Holtzkamp trat zu aller Überraschung ein.

„Na, wie sieht's aus mit Ihrem ominösen Fall?" Die Polizeirätin war bekannt dafür, direkt zur Sache zu kommen. „Haben Sie irgendwelche Erkenntnisse? Und was hat das BKA eingebracht?"

Dabei spielte ein kaum merkbares Lächeln um ihre Lippen. HK Sawitzki fing sich am schnellsten. Immerhin kam es nicht alle Tage vor, dass die Vorgesetzte nach offiziellem Dienstschluss noch in irgendein Büro kam, obwohl sie natürlich auch des Öfteren bis in den frühen Abend im Stern war.

„Wir haben bisher das Umfeld sorgfältig untersucht und uns auch mit der Vergangenheit des Opfers, der gewiss kein gewöhnlicher Bürger gewesen ist, beschäftigt. Außerdem wissen wir dank der Ballistikerin, dass Herr Schumann mit einer Ceska 27 erschossen worden ist, und zwar mit großer Wahrscheinlichkeit von einem Profi. Das würde auch erklären – neben anderen Ereignissen – warum niemand aus der Nachbarschaft den Schuss gehört hat. Vermutlich hat der Täter einen Schalldämpfer benutzt. Es ist aber auch möglich, dass die Hardrock-CD den Schuss überdeckt hat. Wir werden morgen noch den Sohn kontaktieren, weil er vielleicht etwas über die aktuellen Geschäfte seines Vaters weiß. Es wäre nützlich, wenn wir nach Bremen fahren könnten, um den Sohn zu befragen."

Polizeirätin Holtzkamp blickte sich im Büro um, als suche sie etwas, und der Kommissarin war nicht gerade wohl in ihrer Haut.

„Also eigentlich haben Sie nicht viel in der Hand und wenn vom BKA nichts kommt, dürfte es schwierig sein, etwas Gerichtsverwertbares präsentieren zu können. Aber das ist nicht Ihre Schuld. Sie fahren", und dabei sah sie HK Sawitzki an, „morgen früh um 8.46 vom Hauptbahnhof und können um 16.57 Uhr zurückfahren. Mit dem Wagen dauert's bestimmt länger, da die A1 mit ihrer Dauerbaustelle unberechenbar ist. Sie rechnen die gesamte Zeit von 8 Uhr – Abfahrt von Ihrer Wohnung – bis zur Ankunft ab; das werden dann wohl 11 Stunden. Wenn Sie das schöne Bremen noch privat ansehen wollen, können Sie das selbstverständlich tun. 20.57 Uhr fährt noch ein Zug retour, so dass Sie vor Mitternacht zu Hause sind. Die Kollegen in Bremen wissen, worum es geht. Sie können also Ihre Befragungen oder sonstige Untersuchungen problemlos vornehmen. Den Herren ein ruhiges Wochenende, insbesondere Herrn Winckelhof!"

Sie lächelte ihn kaum merkbar an und schon war die Polizeirätin davon.

„Donnerwetter", kam es über HK Ohlendorffs Lippen, „was war das denn?"

„Sie ist uns manchmal einen Schritt voraus", meinte HK Sawitzki. „Dass Sie allerdings noch die Verbindung herausgesucht hat, ist schon erstaunlich. Ich werd' dann mal den Simon Schumann anrufen, dass er mich morgen gegen 12 Uhr erwarten kann. Ich habe vorhin noch kurz unsere Forensikerin gesprochen. Dr. Hollerbeck konnte mir nichts Neues mitteilen. Dass der Schumann aus nächster Nähe erschossen worden ist, hat ja schon der Augenschein ergeben. Frau Doktor hat die Entfernung auf ziemlich genau einen Meter und fünfzig festgelegt. Außerdem scheint der Schumann im Sitzen getroffen worden sein. Das wiederum bedeutet, dass der Täter oder die Täterin ebenfalls gesessen haben muss. Das spricht nicht für einen simplen Einbrecher, sondern eher für jemanden aus dem persönlichen Umfeld. Wir werden also überprüfen, zu wem das Opfer noch irgendwelche Beziehungen hatte. Ich denke, das reicht für heute. Gehen wir also nach Hause!"

Sonnabend, 9.30 Uhr

„Achtung, Reisende nach Stuttgart über Bremen und Dortmund: der IC hat wegen eines Schadens voraussichtlich 15 Minuten Verspätung. Ich wiederhole: Reisende nach Stuttgart über Bremen und Dortmund: Der IC hat wegen eines Schadens voraussichtlich 15 Minuten Verspätung."

HK Sawitzki seufzte. Was würde wohl noch auf sie zukommen. Einem Impuls folgend, wollte sie Simon

Schumann anrufen, damit er sich darauf einrichten konnte, dass sie etwa eine Viertelstunde später käme. Aber dann verwarf sie diesen Gedanken. Vermutlich konnte der IC die Verspätung kaum aufholen. Immerhin waren es bis Bremen nur etwa 110 km. Das wäre mit dem Wagen in eineinhalb Stunden kaum zu schaffen. Sie setzte sich auf eine Bank und holte die Zeitung, die sie am Kiosk erstanden hatte, hervor. Das handliche Format gefiel ihr besser als dasjenige einer Boulevardzeitung, die sie allerdings auch mit handlichem Format nicht gekauft hätte. Aber viel besser schien dies Blatt auch nicht zu sein. Unter einer riesigen Überschrift: „Star erschossen!" lächelte ein blondes Sternchen dümmlich in die Kamera; aber es kam ja nicht auf das Gesicht an. Viel wichtiger schien den Machern – und vermutlich auch den potentiellen Lesern – der blanke silikon-verstärkte Busen zu sein, denn er nahm dank der Kameraperspektive fast zwei Drittel des Fotos ein. HK Sawitzki schüttelte gedanklich den Kopf. So lernten die Kinder schon frühzeitig, dass es bei Frauen nur auf das Äußerliche ankam. Aber HK Sawitzki wollte sich heute nicht ärgern und machte sich daran, weitere Überlegungen für die Befragung zu entwickeln.

„Achtung, Reisende nach Stuttgart über Bremen und Dortmund: Ihr Zug hat Einlauf auf Gleis 14a. Ich wiederhole: Reisende nach Stuttgart über Bremen und Dortmund: Ihr Zug hat Einlauf auf Gleis 14a." HK Sawitzki verstaute die Zeitung und ihren Notizblock in ihrer großen Tasche, erhob sich und ging zur Mitte des Bahnsteigs, da ihre Wagennummer zu diesem Abschnitt gehörte.

„Bitte beeilen beim Ein- und Aussteigen! Der Zug hat Verspätung." HK Sawitzki hörte den Rest der Ansage nicht, weil eine Fußballergruppe lautstark zur Tür drängelte. Ihr fiel ein, dass Bremen in der ersten Bundesligasaison 1963/64 eine Mannschaft gestellt hatte, die aber nur einen Mittelplatz erreichen konnte. Sie interessierte sich eigentlich nicht für die Fußballbundesliga, aber da ihr Vater seit ewigen Zeiten im Besitz einer Dauerkarte für den HSV war, musste sie immer wieder Anekdoten und Geschichten über den HSV über sich ergehen lassen. Immerhin hatte das dazu geführt, dass sie als junges Mädchen weniger mit Puppen als vielmehr mit Fußbällen gespielt hatte. Drei Jahre hatte sie immerhin bei Wacker 04 eine Position im offensiven Mittelfeld, wie es so schön heißt, innegehabt. Allerdings wunderte sie sich, dass jetzt noch irgendwelche Fans zu einem Fußballspiel reisten. Schließlich endet die Meisterschaft normalerweise um den 20. Mai herum, da Ende des Monats das Pokalendspiel in Berlin stattfindet und danach Europa- oder Weltmeisterschaften. In Bremen gab es aber in diesem Jahr keine internationale Begegnung.

„Darf ich Ihnen behilflich sein?", wurde sie unvermittelt angesprochen.

'So ist es, wenn man mit seinen Gedanken nicht bei der Sache ist', dachte sie bei sich. Vor ihr stand, freundlich lächelnd, ein Uniformierter.

„Vielen Dank, Herr Kommissar. Anke Sawitzki, Hauptkommissarin in Hamburg. Ich will einen Zeugen, der in der Georg-Gröning-Straße wohnt, befragen. Lohnt es sich eine Taxe zu nehmen?" Sie zückte ihre Kennkarte und setzte dabei ein so charmantes Lächeln auf, dass der Kollege ebenfalls lächeln musste.

„Nein, liebe Kollegin, das lohnt sich nicht einmal für den Taxifahrer. Ich zeige Ihnen den Weg." Sie gingen zum nördlich gelegenen Ausgang und der freundliche Polizist zeigte nach Osten.

„Sie gehen also in östlicher Richtung auf der Theodor-Heuss-Allee, die in die Hohenloherstraße übergeht; dann links in die Hermann-Böse-Straße. Um den Stern", und hier konnte sich der Polizist ein leichtes Schmunzeln nicht verkneifen, „gehen Sie gegen den Uhrzeigersinn und biegen in die zweite Straße nach rechts, die Hollerallee, dann gleich wieder in die erste links. Das ist ja leicht zu merken", fügte er mit einem leichten Hochziehen der linken Augenbraue hinzu. Anke Sawitzki glaubte sich an jemanden zu erinnern, kam aber nicht darauf.

„Man braucht so etwa 20 Minuten", beendete der freundliche Kollege die Wegbeschreibung. Anke Sawitzki konnte sich ebenfalls ein leichtes Lächeln nicht verkneifen. Der Spitzname des Polizeipräsidiums schien sich also schon verbreitet zu haben.

„Vielen Dank, lieber Kollege, vielleicht besuchen Sie mich einmal im Stern, LK 41", sagte sie und wandte sich zum Gehen. An wen erinnerte sie dieser große, leicht übergewichtige Polizist? Es fiel ihr nicht ein.

Exakt 20 Minuten! HK Sawitzki verglich die Hausnummer mit derjenigen auf ihrem Merkzettel. Hier
musste der junge Schumann wohnen. Wie würde er
wohl reagieren, wenn eine Hamburger Kommissarin
ihm vom Tod seines Vaters berichtete? Wie immer
war ihr nicht recht wohl. 'Früher erschlug man Über-
bringer schlechter Nachrichten', ging es ihr durch den
Kopf. 'S. Schumann' stand in nicht ganz regelmäßigen
Buchstaben auf dem Namensschild unterhalb des
zweiten Klingelknopfes. HK Sawitzki drückte den
Knopf nieder und hörte eine Klingel, wie sie wohl in
den 50-ger Jahren des letzten Jahrhunderts üblich
gewesen war. Jemand schien eine Holztreppe herun-
ter zu springen. Dann öffnete sich die Tür und ein
junger Mann, mittelgroß, schlank, mit leicht gewell-
tem mittelblonden Haar stellte sich vor, bevor sie
ihren Dienstausweis hatte zücken können.

„Simon Schumann. Sie sind vermutlich die Kommissarin aus Hamburg. Kommen Sie doch herein!"
Mit allem Möglichen hatte die Hauptkommissarin
gerechnet, nicht aber mit einem beinahe heiteren
Empfang.

„Ich gehe schon mal vor. Vorsicht, die Treppe ist
etwas schmal! Man kann leicht ins Stolpern kommen." HK Sawitzki folgte dem jungen Mann. Als sie
hinter ihm in das Zimmer, das er wohl bewohnte,
trat, war sie erneut etwas überrascht. Das Zimmer
war pikobello aufgeräumt. Etwa ein Drittel rechts von
der Tür war durch einen Raumteiler verdeckt. Wie
sich herausstellen sollte, befanden sich dort ein

Computerarbeitsplatz und ein Regal mit einigen Dutzend Büchern. Die Sonne schien durch ein gaubenförmiges Fenster auf ein Schachspiel, das sich auf einem kleinen Tisch befand. Auf der linken Seite standen zwei so genannte Cocktailsessel und ein nierenförmiger Tisch, auf dem sich ein Schälchen mit Keksen, ein Krug mit Orangensaft, eine Mineralwasserflasche und zwei Gläser befanden.

„Nehmen Sie doch Platz, Frau Hauptkommissarin!", bat sie Simon Schumann. „Sie wundern sich vielleicht, dass vor ihnen kein trauernder Sohn sitzt", fuhr er fort, nachdem sie sich gesetzt hatten. „Der erste Schock ist bereits vorüber. Ihr Kollege hat mir sehr sachlich alles Wesentliche gesagt. Die große Trauer wird nicht stattfinden, denn wir, also mein Vater und ich, haben uns nicht besonders verstanden. Ich bin an meinem 18. Geburtstag in eine WG gezogen, und dass mein Studienplatz nicht gerade in der Nähe des Elternhauses liegt, hat unser Verhältnis zumindest etwas entkrampft. Ich bin vielleicht acht- oder neunmal zu meinem Vater nach Hamburg gefahren; meist ging es um finanzielle Dinge oder um irgendwelchen Papierkrieg."

HK Sawitzki nippte an ihrem Glas, in das sie Orangensaft eingeschenkt hatte. Sie war sich nicht darüber im Klaren, wie sie die Situation einzuschätzen hatte. Sie hatte mit vielen Dingen gerechnet, aber nicht mit einer Art Einladung zum Smalltalk. Sie erinnerte sich an einen wichtiges Merksatz ihres Ausbildungsleiters: „Lasse dir nie das Heft aus der Hand nehmen!" „Herr Schumann", fing sie vorsichtig an, „Ihr Verhältnis zu Ihrem Vater war doch bestimmt nicht immer so ...", sie suchte nach dem passenden Ausdruck, „gespannt. Hatte eine Veränderung der Beziehung zu Ihrem Vater mit Ihrer Pubertät zu tun oder gab es andere Gründe?"

Simon Schumann blickte sie fast heiter an. Dann aber veränderte sich sein Blick; es schien, als versänke er in einem Meer unergründlicher Erinnerungen.

„Nein", kam es stockend, „mit der Pubertät hat es nur am Rande zu tun. Es ist ja oft so, dass Jungen sich eher zur Mutter hingezogen fühlen, und ich hatte ein gutes Verhältnis zu meiner Mutter. Deshalb kam ihr Tod wie der berüchtigte Schlag aus heiterem Himmel. Ich war gerade dreizehn Jahre alt geworden. Mein Vater hatte wohl die Kontrolle über das Auto verloren, vielleicht war auch das Wetter Schuld, denn es regnete in Strömen. Der Wagen knallte mit der rechten Seite gegen eine alte Buche und zerbrach fast. Da nützte der Frontairbag nichts. Mein Vater hatte nur ein paar Prellungen, während meine Mutter auf dem Weg ins Krankenhaus verstarb. In der Folgezeit wurde über den Unfall nicht mehr gesprochen und mein Vater entfernte sich immer mehr von mir. Nachdem er dann seine Firma verkauft hatte und nur noch als Kaufmann im Im- und Exportgeschäft tätig war, hielt er sich, wenn er nicht gerade auf irgendwelchen Geschäftsreisen, zwar den ganzen Tag im Haus auf, aber zu Gesprächen kam es nicht. Er ist nicht einmal mit mir zum Friedhof gegangen, hat sich auch nicht um die Grabpflege gekümmert.

Sprach ich ihn einmal darauf an, meinte er häufig nur: >>Das ist vorbei. Was soll man darüber noch reden.<< Er hat auch zu anderen Menschen keine persönlichen Beziehungen gehabt. Verwandte gibt es zumindest in Hamburg keine; nur in Elmshorn lebt eine Tante von mir, die Schwester meiner Mutter. Mein Vater hatte kaum Kontakt zu seiner Schwägerin und ich habe sie in all' den Jahren nur zwei- oder dreimal gesehen. Freunde hat mein Vater vielleicht im Verein gehabt. Ich habe aber keinen Kontakt zu diesen Leuten gehabt. Bei der Beerdigung waren höchstens zwanzig Leute zugegen, soweit ich mich recht entsinne."

Simon Schumann machte eine Pause; er sah jetzt nicht mehr so gelöst aus. Die HK hakte nach.

„Erinnern Sie sich noch, wer damals die Untersuchung geleitet hat?"

„Nein, Frau Sawitzki. Wie sollte ich auch. Aber Sie haben doch gewiss Unterlagen im Archiv. Oder werden Verkehrsunfälle nicht dokumentiert und dann dem Archiv übergeben?"

Die HK schwieg. Erneut hatte Sie das Gefühl an einem toten Punkt angekommen zu sein. Sie überlegte, wie sie die Befragung fortsetzen könne.

„Sie waren offenbar nicht im Auto. Jedenfalls gibt die Aktenlage nur her, dass zwei Personen im Auto gewesen sind. Was haben Sie zur Zeit des Unfalles getan?"

Simon Schumann dachte einen Augenblick nach. Es schien, als habe er sich wieder gefangen; allerdings war von der Lockerheit zu Beginn des Gespräches nichts mehr zu spüren.

„Ich befand mich auf einer Klassenreise. Wir waren auf einer fünftägigen Radtour durch Norddeutschland. An dem fraglichen Tag befanden wir uns auf der Strecke Lauenburg – Mölln. Am Nachmittag erreichten wir die Jugendherberge in Mölln, durchnässt und unzufrieden. Am Abend kamen dann Polizisten und holten mich ab. Die nächsten Tage sind irgendwie unklar. Ich bin an dem Wochenende bei der Tante Anna in Elmshorn gewesen, bis mein Vater aus dem Krankenhaus entlassen worden ist. Die Beerdigung ist aus meinem Gedächtnis gestrichen. Es hat dann wohl noch einige Gespräche mit der Polizei gegeben, aber davon ist ebenfalls nichts mehr im Kopf. Unfall bedingte traumatische Amnesie nennt man das wohl."

Bei diesen Worten glitt ein feines Lächeln über sein Gesicht, das aber im Bruchteil einer Sekunde wieder verschwand. HK Sawitzki nahm einen weiteren kleinen Schluck Saft. Diese Aussage brachte sie nicht weiter. Routinemäßig fragte sie noch, was Simon Schumann am Donnerstagabend zwischen 21.00 und 22.00 Uhr gemacht hatte.

„Ich war nach der letzten Vorlesung gegen 17.00 Uhr hier, nachdem ich noch etwas fürs Wochenende gekauft hatte. Nach den 18 Uhr-Nachrichten bin ich dann losgegangen um ein bisschen Luft zu schnappen. Um etwa 19.00 Uhr war ich dann 'Beim Steinernen Kreuz'; das ist eine Mischung aus Lokal und Studentenkneipe. Urige Atmosphäre und das Bier ist hier besonders günstig. Ich bin dann wohl so um 2.00 Uhr zu Fuß nach Hause gegangen." HK Sawitzki war erstaunt, wie genau und prompt die Antwort abgespult wurde. Auch wenn es vermutlich wenig brachte, stellte sie Simon Schumann noch eine Frage.

„Haben Sie irgendeinen Beweis, dass Sie wirklich zur fraglichen Zeit in diesem Lokal gewesen sind?"

Simon Schumann schien nicht verwundert, dass er gewissermaßen nach einem Alibi gefragt wurde.

„Leider nicht. Es gibt zwar eine Art Eintrittskarte, wenn besondere Events, wie es Neudeutsch heißt, stattfinden; aber donnerstags ist das nicht der Fall. Den Rechnungszettel habe ich in den Papierkorb geworfen. Und dessen Inhalt ist gestern mit dem Freitagsmüll entsorgt worden. Tut mir Leid."

HK Sawitzki nickte, als stimme sie ihm zu.

„Ich danke Ihnen für die Auskünfte. Ich nehme an, dass Sie wegen der Beerdigung noch nach Hamburg kommen. Sie müssen ja auch die Erbangelegenheiten regeln. Das wird gewiss einige Zeit kosten. Falls Ihnen noch etwas einfallen sollte, rufen Sie mich bitte an! Außerdem wäre es gut, wenn Sie mir Ihre Mobil-Nummer geben könnten, falls ich noch Fragen an Sie haben sollte. Studenten sind meist schwer zu erreichen", fügte sie mit einem Lächeln hinzu. Sie gab Simon ihre Karte, notierte seine Mobil-Nummer und erhob sich. Als sie das Schachspiel sah, fiel ihr doch noch eine Frage ein.

„Haben Sie früher mit Ihrem Vater Schach gespielt?" Simon Schumann sah sie etwas überrascht an.

„Wie kommen Sie darauf?", fragte er und berichtigte sich gewissermaßen selbst. „Na klar, mein Vater besitzt einige wertvolle Schachbücher. Er hat aber nur selten gespielt. Ich habe während meiner Schulzeit im Gymnasium neun Jahre in der Schulmannschaft gespielt, war aber nicht besonders gut. Wir spielten damals in der B1-Klasse; das ist die Klasse hinter der Meisterklasse, und ich saß meistens am letzten oder vorletzten Brett. Als ich in der fünften Klasse war, kam der Schachlehrer, Herr Rudolph, in der ersten Unterrichtswoche in unsere Klasse und fragte, wer denn Lust hätte zur Schach-AG zu kommen. Wir waren sechs oder sieben; dabei geblieben sind drei oder vier. Das war schon 'ne tolle Sache. Schon im ersten Jahr durften wir zum Alsteruferturnier mit unserer Mannschaft. Zweieinhalbtausend Schülerinnen und Schüler in drei großen Sälen des Kongress-Zentrums. Danach war ich noch achtmal dabei."

HK Sawitzki fiel es wie die berühmten Schuppen von den Augen. Der freundliche Polizist am Bahnhof hatte sie an den Schachlehrer erinnert. Ob der noch Schachunterricht erteilte? Er war ja damals schon nicht mehr der Allerjüngste gewesen, als sie und Emre Ohlendorff den Mord an einem Schüler der Schachgruppe aufklären mussten.

„Wissen Sie zufällig, ob dieser Herr Rudolph noch den Schachunterricht leitet?"

Simon Schumann dachte einen kurzen Moment nach.

„Er wollte vor einigen Jahren aufhören, da unser bester Spieler Marius ermordet worden war. Aber dann hat er sich vor die Schacher gestellt und gemeint, es sei wohl im Sinne Marius', wenn die Schach-AG nicht eingestellt würde. Im letzten Jahr hat die Schach-AG noch bestanden. Als ich in Hamburg war, habe ich die Werbezeitungen der letzten Wochen durchgeblättert und in einer Ausgabe stand ein Artikel über die Schach-AG des Gymnasiums mit einem Mannschaftsfoto."

Simon Schumann lächelte – wie es schien – selbstvergessen, fing sich dann aber wieder. HK Sawitzki nahm den Faden nicht erneut auf. Simon Schumann geleitete sie zur Tür und wollte sie zur Haustür bringen. Die HK dankte, fügte aber hinzu, dass sie noch mit seiner Vermieterin sprechen wollte.

„Natürlich", erwiderte Simon Schumann in der lockeren Art, die er schon bei ihrer Begrüßung gezeigt hatte.

HK Sawitzki ging vorsichtig die schmale Stiege hinunter und klopfte an eine Holztür, an der ein kleines Schild mit der Aufschrift 'Ketelsen' befestigt war. Sie wusste von dem Kollegen, dass Frau Ketelsen schon seit einigen Jahren die kleine Dachwohnung vermietete. Ihr Mann war früh verstorben und die Rente reichte nur knapp, so dass ein paar Euro schon recht hilfreich waren. Außerdem, wie die Vermieterin im Gespräch anmerkte, war es ihr ganz lieb, nicht allein in dem Häuschen zu wohnen. Die Routinefragen brachten nichts Neues. Wann Herr Schumann am fraglichen Abend das Haus verlassen oder wann er heimgekehrt war, konnte sie nicht sagen. Er sei immer sehr ruhig und pflegte jeglichen Lärm nach 20 Uhr zu vermeiden. So verabschiedete sich die HK und ging gemächlich Richtung Bahnhof. Sie aß noch eine Kleinigkeit in einem Bistro und nahm dann doch schon den frühen Zug. Nach einem touristischen Spaziergang war ihr nicht zu Mute, zumal sie einen Teil der Stadt aus den vielen TV-Krimis kannte.

Kommissar Winckelhof blätterte in der Akte Schumann. Die Polizeirätin hatte natürlich gewusst, dass er die sonnabendliche Stallwache hatte. Falls etwas Außergewöhnliches geschah, konnte er in kürzester Zeit die zuständigen Kolleginnen und Kollegen anrufen. Denn auch in der dienstfreien Zeit mussten die LKA-Beamtinnen und -Beamten erreichbar sein. Schwerverbrecher hielten sich nun einmal nicht an die üblichen Bürozeiten. Erneut fiel ihm auf, das der Bericht über den Unfall, den Frau Schumann gehabt hatte, seltsam kurz gehalten war. Er wollte gerade die Pathologie anrufen, als ihm einfiel, dass es dort keine Notbesetzung gab. Wollte man dringend eine Auskunft, musste man den Chef der Pathologie anrufen. Winckelhof macht sich eine Notiz und sicherte diese auf der elektronischen Tafel.

„BKA, was kann ich für Sie tun?" Wie immer fühlte sich HK Mahlmann nicht wohl in seiner Haut, wenn er diese fast mechanische Stimme aus der Telefonzentrale hörte. Obwohl mindestens zehn verschiedene Damen und einige Herren diesen Dienst versahen, hatte er gerade bei den Frauen das Gefühl, als wäre es nur eine Person.

„HK Mahlmann, Abteilung ST. Verbinden Sie mich bitte mit dem Dienst habenden Leiter der Abteilung. Stichwort: Schumann!"

„Augenblick bitte", kam es wieder kalt und geschäftsmäßig aus dem Lautsprecher. Das Wählzeichen ertönte und sofort wurde abgenommen.

„Von Warnholt", klang es fast leise aus der Lautsprechermuschel, „nennen Sie Ihr Code-Wort!"

HK Mahlmann nannte seine Buchstabenkombination. Zwar war sein Mobiltelephon abgeschirmt und sandte nach Eingabe bestimmte Codes verschlüsselt; trotzdem hatte man als zusätzliche Sicherheit bestimmte Code-Wörter einzugeben.

„Mahlmann, was haben Sie Neues im Fall Schumann?", flüsterte der Kriminalrat.

„Eigentlich wenig. Es gibt eine Zuordnung des Geschosses zur CZ 27; das ist aber auch schon alles. Es sind in den siebziger Jahren einige hunderttausend Patronen produziert worden; davon sind wahrscheinlich achtzigtausend in den Nahen Osten gegangen, die meisten nach Israel, einige wohl auch in arabische Länder, da diese ja vom Ostblock unterstützt wurden. Etwa zehntausend Patronen sind über die Bundesrepublik Deutschland illegal über Italien und nach Algerien geschmuggelt worden. Da Algerien aber nicht über die CZ 27 verfügte und auch keine kompatiblen Waffen besaß, sind sie von dort nach Ägypten gelangt. Leider konnten wir dem deutschen Vermittler nichts nachweisen, denn wir haben überhaupt erst zwei Jahre darauf von einem vertrauenswürdigen Mittelsmann erfahren, dass der Mossad die Wege der Patronen genau kannte. Der Mossad hat wohl jemanden in die Kette eingeschleust."

Hier unterbrach ihn der KR.

„Mahlmann, das ist mir größtenteils bekannt. Die Akte umfasst eine Fülle von Daten zu dem Herrn. Dass er einen Teil seiner Geschäfte abgegeben hat, ist auf einen sanften Druck verschiedener Dienststellen zurückzuführen. Man hat ihm allerdings unbedeutende Bereiche seiner Geschäfte gelassen, und zwar diejenigen, die mit Israel zu tun hatten."

„Was hat eigentlich der Unfall in diesem Zusammenhang zu bedeuten?", fragte HK Mahlmann, „schließlich finden sich in den halbwegs zugänglichen Dateien und Akten kaum Hinweise darauf; es hat den Anschein, dass gewisse Dienststellen im Gegenteil an einer gründlichen Untersuchung wenig interessiert waren."

„Darüber möchte ich am Telefon nichts sagen; dies fällt unter Stufe 1, geheim. Nur so viel sei gesagt: Es könnte sein, dass entweder ein Land, das vor den achtziger Jahren des 20. Jahrhunderts mit dem Herrn zu tun gehabt hat, oder ein neuer Kunde – nennen wir es einmal so – unzufrieden war, sich vielleicht auch betrogen vorkam. Ob Schumann getötet werden sollte oder ob es sich um eine Warnung handelte, ließ sich nicht klären, zumal der Unfall auch ohne Eingreifen einer dritten Person möglich gewesen wäre. Um eventuellen Schaden für die Bundesrepublik Deutschland möglichst auszuschließen, sollte diese Akte weitgehend geräuschlos geschlossen werden. Es ist natürlich nicht auszuschließen, dass auch der jetzige Mordfall unter diese Kategorie fällt. Leider haben wir nicht die Möglichkeit diesen Fall sang- und klanglos zu schließen. Wir sollten aber auf dem Laufenden sein, damit wir unter Umständen unsere Partner rechtzeitig warnen können. Gibt es Hinweise darauf, dass die Ermittler eine solche Spur verfolgen?"

„Nun ja, Herr Kriminalrat, immerhin hat die Zuordnung der Munition natürlich in diese Richtung gezielt. Die HK hat mich ausdrücklich gebeten unsere Kontakte zur tschechischen Kriminalpolizei – will heißen: zum Geheimdienst – zu nutzen um über die Waffe etwas zu erfahren. Das hat aber nichts Neues erbracht. Die HK ist heute nach Bremen gefahren um den Sohn des Getöteten zu befragen. Aber der dürfte in unserer Angelegenheit nichts wissen, da er zur Unfallzeit gerade dreizehn Jahre alt war."

KR von Warnholt schien zu überlegen, denn der Lautsprecher von Mahlmanns Telefons blieb still. HK Mahlmann fühlte sich unwohl. Er hasste Fälle, bei denen man überhaupt nichts in der Hand hatte. Und wenn man dann etwas Substantielles vorweisen konnte, fiel es unter die Geheimhaltung.

„Mahlmann", riss ihn die Stimme des KR aus seinen Gedanken. „Bleiben Sie am Ball und halten Sie mich auf dem Laufenden! Gute Arbeit", fügte der KR hinzu und legte auf ohne dass HK Mahlmann noch etwas hätte sagen können.

„Scheiße", dachte dieser bei sich.

Sonnabend, 17.45 Uhr

„Winckelhof", meldete sich der Dienst habende Kommissar.

„Da hab' ich ja richtig Glück", ertönte die Stimme der HK Sawitzki aus dem Hörer, „dass du dich noch im

Stern herumtreibst. Ich fasse 'mal kurz zusammen, was ich erfahren habe. Viel ist es allerdings nicht."

Die HK referierte in aller Kürze, was sie recherchiert hatte.

„Außerdem habe ich etwas über einen alten Freund erfahren. Wir hatten doch vor fünf Jahren diesen schrecklichen Mord an einem Schüler. Du kannst davon nicht viel wissen, da du dich im letzten Ausbildungsbereich befunden hast. Bei den Untersuchungen hatten wir es mit einem Zeugen zu tun, der offensichtlich kriminalistische Überlegungen anstellte und uns auf die Spur des Mörders brachte. Der Mann war damals am Bramfelder Gymnasium tätig und sein Lieblingsfach schien Schach zu sein. Der Simon Schumann hat ihn in der Schach-AG gehabt. Seltsam, wie manche Menschen sich immer wieder ins Gedächtnis schleichen. Hast du noch etwas Berichtenswertes?"

Kommissar Winckelhof fiel nichts ein, was er seiner Vorgesetzten mitteilen konnte, und so wünschte er ihr einen ruhigen Abend und ein erholsames Wochenende. HK Sawitzki fühlte sich merkwürdig lustlos und rief, ohne lange nachgedacht zu haben, den Pizzadienst Sole rosso an. Während sie ihre Bestellung, einen Bauernsalat und eine Pizza Quadro Stagione, aufgab, erschrak sie plötzlich über sich. Wieso hatte sie automatisch diesen Pizzadienst angerufen? Sie aß doch viel lieber Griechisches. Aber sie war irgendwie geschafft; auch wenn es vom Buschrosenweg nur drei Minuten zum nächsten Griechen war, konnte sie sich nicht aufraffen noch einmal das Haus zu verlassen. Eine halbe Stunde später saß sie dann vor ihrem Salat nebst Pizza und einer Flasche Vernatsch.

„Abdulla Ben Gossarah", meldete sich eine heisere Stimme.

„Ich bin's, Charles Delaverde", antwortete eine müde Stimme, „ich nehme an, dass du auf dem Laufenden bist."

„Natürlich", erwiderte Ben Gossarah, der erstens nur seinen Decknamen nannte und zweitens Leiter der Abteilung Mitteleuropa in einem arabischen Land war. „Und ich kann dich beruhigen: Wir haben unsere Finger nicht im Spiel."

„Ich habe nichts anderes erwartet", ließ sich Delaverde vernehmen, der als Koordinator verschiedener Geheimdienste – Schwerpunkt Nahost – in Paris saß. „Malachevi hat mir bestätigt, dass auch der Mossad keine Ahnung hat, wer da seine schmutzigen Finger am Abzug hatte. Vielleicht war es nur ein Dieb, der in der irrigen Annahme, dass der Hausherr ein alter, klappriger Mann sei, einfach eingestiegen ist bzw. durch eine offene Terrassentür eingedrungen ist. Da Szech (Deckname Horst-Joachim Schumanns) wohl noch auf Draht war, wie man in Deutschland sagt, hat er sich vermutlich gewehrt. Und dann hat der Dieb in Panik geschossen."

„Dem steht aber entgegen, dass nur ein Schuss gefallen sein soll, und zwar direkt in den Kopf. Ich bin - wie mein Gewährsmann vom BND – der Ansicht, dass nur ein Profi in den Kopf geschossen hätte. Dadurch kommt die Einbrechervariante kaum in Frage, ebenso aber auch nicht eine Beziehungstat. Angeblich soll Szech den Täter wohl gekannt haben, ihn vielleicht sogar erwartet haben, denn er hat bei einem Pizza-Dienst für zwei Personen bestellt, und zwar zum Abend. Kurz bevor der Pizza-Bote eintraf, muss der Schuss gefallen sein. Der Täter hat dem Pizzaboten wohl mit der Pistole einen heftigen Schlag versetzt. Das spricht eigentlich eher für einen Auftragsmord. Vielleicht ist Szech mit einem kleinen Deal einem Neuling im Geschäft in die Quere gekommen. Aber das klärt nicht, warum für zwei Personen bestellt worden ist. Unter Umständen haben Pizza und Schuss gar nichts miteinander zu tun. Es fehlt dann noch immer die Identität des erwarteten Gastes."

Delaverde schwieg und auch Ben Gossarah schien in tiefes Nachdenken versunken. Schließlich schien Ben Gossarah einige Vermutungen gegeneinander abgewogen zu haben: „Es gäbe natürlich auch noch eine weitere Möglichkeit. Vielleicht sollte der Täter eine gewisse Lage herbeirufen um unsere guten Beziehungen zu belasten. Dann hätten wir zur Auswahl die Hisbollah, die sich über Iran und andere Quellen finanziert und in letzter Zeit wieder Katyuschas, die als Stalinorgel aus dem Zweiten Weltkrieg bekannt sind, sowie Handfeuerwaffen auf wenig bekannten Wegen bekommt. Ebenso soll die Hamas auf Grund internationaler Unterstützung – ich nenne nur die Islamic Relief oder die Association de Secours Palestinien – mit Sprengstoff und Handfeuerwaffen versorgt werden. Ich denke, dass wir unsere Quellen aktivieren sollten, bevor Dinge geschehen, die wir nicht mehr kontrollieren können." Delaverde stimmte seinem Kollegen zu. Wenn sie auch oft politische Gegner waren, hatten sie in den letzten zwanzig Jahren doch ein durchaus kollegiales Verhältnis aufgebaut, so dass sie sich bis zu einem gewissen Grade vertrauten. Sie würden also nicht die großen Geschütze scharfmachen, sondern vorsichtig das Gelände sondieren. Aber ebenso sicher war es, dass sie die Angelegenheit im Auge behalten würden, da Horst-Joachim Schumann für viele Seiten Ansprechpartner gewesen war. Bevor Delaverde auflegte, fiel ihm noch etwas ein.

„Nach einem Bericht eines deutschen Magazins sollen am 20.11.1975 auf Veranlassung eines Gesellschafters einer deutschen Rüstungsfirma 50.000,- DM übergeben worden sein, und zwar an einen damaligen Ministerpräsidenten. Im Verlauf der nächsten Jahre sollen angeblich mehrfach Beträge an diesen Herrn geflossen sein. Die Sekretärin des Beschuldigten soll das Geld bar übergeben haben, was sie allerdings heftig bestritten hat. Es gibt ein Gerücht, nach dem eine dritte Person involviert gewesen sein soll, eine Person, die im Zusammenhang mit einer späteren Affäre um Panzerlieferungen Gelder an einen gewissen Rüstungslobbyisten zur weiteren Verfügung geleitet haben soll."

Ben Gossarah ließ ein Schnauben hören.

„Hat Szech nicht seinen Job aufgegeben?", fragte er schließlich.

Delaverde zögerte einen Augenblick. Dann ließ er sich dazu herab etwas mitzuteilen, was seinem Kollegen wohl noch nicht bekannt war.

„Es ist richtig, dass Szech sich aus dem großen Geschäft zurückgezogen hat. Aber bei Bedarf hat er sich einige Male seiner alten Beziehungen erinnert und damit Geschäfte mit bestimmten Leuten getätigt.

Mag sein, dass er einigen Herrschaften zu nahe gekommen ist, zumal der bewusste Rüstungslobbyist kürzlich zu einer mehrjährigen Freiheitsstrafe verurteilt worden ist. Jedenfalls soll er seine Finger mit im Spiel gehabt haben. In die Bestechungsaffäre kann er allerdings nicht verwickelt sein; dazu war er noch zu jung. Allerdings gibt es Hinweise, dass er bei den Großen der Branche im gewissen Sinn gelernt haben soll. Seine große Zeit hängt mit der Öffnung der Grenzen zusammen, als es im Osten jede Menge Waffen gab, deren Bestand kaum kontrolliert wurde. Und das waren nicht nur Handfeuerwaffen. Solltest du irgendwelche Erkenntnisse haben, ruf' mich bitte an! Wer weiß, welches Fass geöffnet worden ist." Damit legte Delaverde auf.

Montag, 8.00 Uhr

Im Stern wimmelte es wie in einem Ameisenhaufen. HK Sawitzki und HK Ohlendorff kamen vor lauter „moin" oder „Tach" oder sogar dem höchst selten gewordenen „guten Morgen" kaum dazu ein sinnvolles Gespräch zu führen. Kommissar Winckelhof war natürlich nicht anwesend, da nach dem Bereitschaftsdienst am Wochenende zwei freie Tage fällig waren. Außerdem wurde ihm ein Urlaubstag angeschrieben, da der Sonntagsdienst, wie Gewerkschaft und Personalamt ausgehandelt hatten, nicht finanziell, sondern durch Freizeit abgegolten wurde.

Die beiden Hauptkommissare betraten ihr Büro und blickten sich verwundert an; HK Mahlmann vom

BKA saß an seinem neuen Schreibtisch und blätterte in irgendwelchen Unterlagen.

„Moin", rief der HK ihnen zu und wirkte nicht so verklemmt wie noch einige Tage zuvor. Emre Ohlendorff und Anke Sawitzki runzelten die Augenbrauen. Was war mit dem Kollegen geschehen?

„Ebenfalls Moin!", klang es im Chor, „gibt es etwas Neues?"

„Ja und nein", erwiderte HK Mahlmann, „es gibt insofern nichts Neues, als die verschiedenen Kontakte, die ich aktiviert habe, nichts erbracht haben. Das heißt, dass die üblichen Verdächtigen vermutlich nichts mit der Sache zu tun haben. Wir können uns also auf Diebe oder schießwütige gehörnte Ehemänner konzentrieren."

Das sollte vermutlich ein Witz sein, aber die Hauptkommissare grinsten nur etwas gequält.

„Wollen Sie damit andeuten, dass Sie uns schon wieder verlassen, kaum, dass Sie einen Schreibtisch bekommen haben?"

HK Mahlmann setzte ein Lächeln auf, dass wohl verschmitzt sein sollte.

„Da muss ich Sie enttäuschen. Ich werde bis zur Festnahme des Täters im Team bleiben. Vielleicht kann ich ja wieder meine Verbindungen nutzbringend einsetzen."

„Gut", meinte HK Sawitzki, „dann wollen wir mal sehen, was das Wochenende gebracht hat."

Sie gab kurz eine Zusammenfassung der Ergebnisse ihrer Dienstfahrt nach Bremen.

Sie blickte in die Runde. Die Kommissare machten einen unzufriedenen Eindruck. Das Klingeln des Telefons durchbrach die Stille. HK Sawitzki nahm das Telefon in die linke Hand und schnappte sich mit der rechten einen Stift.

„Ich bin's", meldete sich Kommissar Winckelhof.

„Du hast doch deinen freien Tag, Christoph", fiel ihm die HK fast in den nächsten Satz.

„Ich bin auch zu Haus und frühstücke gerade. Mir ist aber etwas eingefallen, was wir offenbar übersehen haben oder aus irgendwelchen Gründen nicht bemerkt haben. Der Schumann ist doch mit einem einzigen Schuss in die ewigen Jagdgründe befördert worden. Die Entfernung hat bei eineinhalb Meter gelegen. Also musste der Täter oder die Täterin gar nicht unbedingt erstklassig schießen können. Auf die Entfernung trifft ein Kurzsichtiger. Es kommt hinzu, dass der typische Schuss eines Profikillers nur zwei Ziele kennt. Will er jemanden bestrafen oder warnen, dann schießt er ins Knie. Soll der Schuss tödlich sein, schießt er in den Kopf. Ein Herzschuss macht sich zwar dramaturgisch gut, zumal wenn sich der Blutfleck auf dem möglichst weißen Hemd ausbreitet; er kommt aber relativ selten vor und dann bei Beziehungsdramen. Wir sollten vielleicht das Umfeld des Opfers ganz genau unter die Lupe nehmen."

Da HK Sawitzki den Lautsprecher zugeschaltet hatte, hatten die anderen Kommissare das Gespräch mithören können. Ihre nachdenklichen Mienen verrieten, dass Sie erstens tatsächlich versäumt hatten, die Motivanalyse auszuweiten, und zweitens die Überlegungen des Kollegen nachvollziehen konnten.

„Danke für den Hinweis", ließ sich HK Sawitzki nach einer Weile vernehmen. „Wie konnten wir nur so etwas Wesentliches übersehen? Vielleicht waren die Umstände zu klar. Zuerst sollten wir die Tante von Simon Schumann ausfindig machen. Sie scheint ja die einzige noch lebende Verwandte zu sein. Außerdem müssen wir herausfinden, ob das Opfer vielleicht in einem Schachverein gewesen ist. Die Unterlagen in seinem Haus haben keinerlei Hinweis auf irgendeine Vereinsmitgliedschaft gegeben. Urkunden oder Pokale haben wir auch nicht entdeckt. Herr Mahlmann, würden Sie bitte die Vereinsrecherche übernehmen? Der Hamburger Schachverband dürfte die Mitgliedslisten der vergangenen Jahre im Archiv haben. Emre, du übernimmst es die Tante zu suchen! Am einfachsten dürfte es sein, wenn ich Simon anrufe. Er wird wohl die Anschrift seiner Tante haben. Wir treffen uns um 16.30 Uhr hier im Büro."

Montag, 9.00 Uhr

„Ja", klang es schlaftrunken und langgezogen aus dem Hörer, „Schumann."

„Guten Morgen, Herr Schumann", grüßte HK Sawitzki den Studenten. „Sollte ich Sie aus dem Schlaf gerissen haben, tut es mir Leid. Ich benötige die Anschrift Ihrer Tante. Sie ist unter Umständen in der Lage noch einige Auskünfte über Ihren Vater zu geben."

Simon Schumann brummelte etwas, dass sich wie eine Zustimmung anhörte.

„Mmh, ja, sie wohnt in Elmshorn, genau genommen in Kölln-Reisiek, im Bucheckerweg. Ich habe auch ihre Telefonnummer."

Die HK notierte die Daten, bedankte sich und legte auf.

„Emre, ich habe die Anschrift und auch die Telefonnummer. Rufe am besten die Tante an und fahre dann hinaus! Nimm den Wagen; mit der Bahn musst du durch halb Hamburg und darfst mindestens dreimal umsteigen! Das können wir dem Steuerzahler nicht antun."

Emre nickt zustimmend und wählte die Vorwahl von Elmshorn: 04101.

Montag, 9.00 Uhr

„Hamburger Schachverband e. V., guten Morgen. Leider rufen Sie außerhalb unserer Geschäftszeiten an. Bitte versuchen Sie es ab 15.00 Uhr. Auf Wiederhören."

HK Mahlmann verzog das Gesicht. Seine Laune, die am Morgen doch noch recht passabel gewesen war, verschlechterte sich. Er überlegte kurz und setzte sich dann hinter den PC des Kollegen Winckelhof. Zuerst gab er Schach ein, was dazu führte, dass das Display knapp drei Millionen Einträge anbot. Dann gab er schlicht Hamburger Schachverband e. V. ein. Das sah schon besser aus. Aber wie sollte er in die Mitgliederkartei kommen? Durfte ein Sportverband einfach Daten seiner Mitglieder ins Netz stellen? Heinz Mahlmann steuerte verschiedene Hinweise an. Leider zeigte sich nirgendwo ein Hinweis auf Mitglieder. Schließlich landete er auf einer Seite, auf der alle Schachvereine Hamburgs gelistet waren.

„Eigentlich müsste es genügen, alle Vereine in Bramfeld oder in der näheren Umgebung zu überprüfen", dachte er. Glücklicherweise gab es nur drei Vereine, die seinen Kriterien entsprachen: den Bramfelder Schachklub, der seine Spielräume in dem Bildungszentrum Steilshoop hatte; den Bramfelder Sportverein, der seine Spielstätte in der Ellernreihe hatte; den Schach-Club Farmsen, dessen Heimat sich im Max-Brauer-Heim befand. Letzteren hätte Horst-Joachim Schumann problemlos zu Fuß erreichen können. HK Mahlmann klickte den Blau unterlegten Vereinsnamen an. Über dreißig Namen erschienen, in den Mannschaften nach der Rangliste sortiert. Ein Schumann war nicht darunter. Auch in den beiden anderen Vereinen war kein Schumann zu finden. Mahlmann wurde immer missmutiger. Er hasste die Recherche im Netz. Das konnte schließlich jeder Kommissar nach den ersten drei Monaten in der Ausbildung leisten. Er konnte ja nicht gut alle Vereine in Hamburg befragen. Schumanns dürfte es genügend geben. Der Vorname war schon weniger oft zu erwarten. Zufällig gelang es ihm die Gesamtliste des Schachverbandes zu öffnen: nichts. Frustriert goss er sich erst einmal einen Kaffee ein. Plötzlich schoss es ihm im wahrsten Sinne durch den Kopf. Der Mann könnte doch Mitglied in einem Schützenverein gewesen sein. HK Mahlmann gab verschiedene Suchbegriffe ein und wurde auch bald fündig. Von Luftgewehr und Luftpistole über Bogenschießen bis hin zum Kleinkalibergewehr und zur Sportpistole wurde eine breite Palette angeboten. Mehrere Vereine in Hamburg und der näheren Umgebung warben mit unterschiedlichen Schlagworten, z. T. ungewollt komischen wie „Kommen Sie zu uns: Freunde treffen". HK Mahlmann suchte sich einen Verein aus, der auch das Schießen mit Pistolen in seinem Angebot hatte. Allerdings weigerte sich der Geschäftsführer, den er nach einigen Versuchen erreicht hatte, am Telefon irgendjemandem Auskünfte über Mitglieder zu geben.

„Dazu brauchen Sie eine richterliche Genehmigung. Das müssten Sie als Kommissar doch wissen. Und am Telefon gebe ich schon gar keine Auskunft."

HK Mahlmann nickte zustimmend, was sein Telefonpartner natürlich nicht sehen konnte, und legte auf. Bevor er also den komplizierten Weg über die richterliche Genehmigung einschlug, und diesen bei einem halben Dutzend Vereinen, blieb ihm noch eine Möglichkeit. Vielleicht hatte Schumann eine Waffe besessen; dann sollte er eigentlich zumindest eine Waffenbesitzkarte gehabt haben. Die zuständige Dienststelle musste die Landespolizeiverwaltung, Grüner Deich 1, sein. Die entsprechende Abteilung war schnell erfragt.

„Landespolizeiverwaltung, Justus Möller", tönte eine hohe männliche Stimme aus dem Hörer.

„HK Mahlmann, BKA." Der HK gab seine Identifikationsnummer an und fuhr fort: „ Ich benötige eine Auskunft. Es geht um ein Tötungsdelikt. Das Opfer ist erschossen worden. Es könnte sein, dass es eine Waffe besessen hatte, diese aber nicht mehr benutzen konnte. Prüfen Sie bitte, ob ein Herr Horst-Joachim Schumann zumindest eine Waffenbesitzkarte gehabt hat!"

„Einen Augenblick, bitte!"

Es waren noch keine 10 Sekunden vergangen, als sich die Stimme wieder meldete: „Horst-Joachim Schumann, 59 Jahre alt, zuletzt wohnhaft..."

„Danke", fiel HK Mahlmann dem Sachbearbeiter ins Wort, „die Daten habe ich. Mir geht es nur darum, ob Herr Schumann eine Waffenbesitzkarte gehabt hat, und vielleicht geht ja auch aus Ihren Unterlagen hervor, welche Waffe er besessen hat."

„Null Problemo", kam unerschütterlich die Antwort, „Herr Schumann hatte vor langer Zeit die Grüne Waffenbesitzkarte beantragt und drei Waffen gemeldet: eine Luftpistole Walther PPK/S, eine Pistole CZ 27 und eine Baretta 92."

HK Mahlmann blieb fast die Luft weg. Das Opfer hatte also eine Pistole besessen, die der Tatwaffe entsprach. Die Durchsuchung des Hauses hatte keine einzige Waffe zu Tage gefördert. Das schloss natürlich nicht aus, dass die Waffen gut versteckt waren. Allerdings hätte die Spusi jedes noch so gut getarnte Versteck gefunden. Außerdem hätte das wiederum einen schwerwiegenden Verstoß gegen das entsprechende Gesetz bedeutet, das vom Waffenbesitzer verlangt, Waffe und Munition getrennt aufzubewahren und die Waffe zudem in einem gesicherten Schrank unter zu bringen.

„Sind Sie noch dran?", fragte, nach wie vor gleichförmig, der Sachbearbeiter.

„Ja, ja. Natürlich. Sagen Sie – ein Waffenbesitzer müsste doch auch angeben, wo die Waffe aufbewahrt wird?"

„Richtig! Normalerweise nimmt z. B. der Sportschütze seine Waffe mit nach Haus und verschließt sie dort. Es gibt aber auch Vereine, die einen tresorähnlichen Raum zur Aufbewahrung der Waffen haben. Pistolen werden von jedem Schützen in einem gesicherten Fach aufbewahrt, Gewehre gewissermaßen angekettet. Die Munition verschließt ein bestimmtes Vereinsmitglied, so dass die Verantwortlichkeit jederzeit festgestellt werden kann."

HK Mahlmann dachte erneut intensiv nach. Schließlich wandte er sich wieder an den Sachbearbeiter.

„Wenn Herr Schumann als Sportschütze die Waffen gebraucht hat – und der Besitz einer so genannten Luftpistole weist ja darauf hin – dann müsste auf dem Antrag der Verein stehen, bei dem er seine Schießübungen gemacht hat."

„Sie haben vollkommen Recht; er hat einen Schützenverein nördlich von Hamburg angegeben. Das ist ein seriöser Verein, der schon über 80 Jahre existiert. Ich gebe Ihnen Anschrift und Telefonnummer."

Der Sachbearbeiter gab die entsprechenden Daten durch und HK Mahlmann bedankte sich und legte auf. Dann blickte er zur HK Sawitzki hinüber.

„Ich habe ein paar Neuigkeiten, Kollegin Sawitzki."

Die HK blickte auf: "Haben Ihre Beziehungen Früchte getragen?", fragte sie etwas spitz.

„Nein, Kollegin, ich habe schlicht nachgedacht. Und dabei ist mir der Gedanke gekommen, dass ein Waffenhändler sicher auch ein Interesse daran hat, wie gerade eine Handfeuerwaffe sich handhaben lässt. Außerdem kann ich mir vorstellen, dass der

Schießsport an sich für einen Mann, der beruflich auch mit Handfeuerwaffen zu tun hat, nicht gerade abwegig zu nennen ist. Und so bin ich darauf gekommen, dass es doch naheliegend wäre, wenn Herr Schumann Mitglied in einem Schützenverein gewesen wäre."

HK Mahlmann trug sachlich vor, was er alles herausgefunden hatte. Allerdings war nicht zu übersehen, dass er sich ein wenig in diesem Erfolg sonnte, zumal er schon mitbekommen hatte, dass die LKA-Kommissare nicht unbedingt erbaut gewesen waren, als er hereingeschneit war und seine Aufgabe mitgeteilt hatte. HK Sawitzki nickte während seines Vortrages ab und an zustimmend.

„Ich nehme an, dass Sie jetzt dem Schützenverein einen Besuch abstatten wollen. Rufen Sie vorher an und erläutern Sie kurz, welche Auskünfte Sie benötigen! Dann dürfte auch deutlich werden, ob wir einen Durchsuchungsbeschluss nach § 103 StPO brauchen. Sollten Sie ohne diesen Beschluss alles Wesentliche erledigen können, würden wir zumindest Zeit sparen. Viel Erfolg!"

HK Mahlmann angelte sich das Telefon und rief den fraglichen Schützenverein an. „Hauptkommissar Mahlmann, Bundeskriminalamt", meldete er sich, nachdem eine freundliche Stimme den Vereinsnamen und ein „Sie wünschen?" in das Mikrofon gesprochen hatte.

„Wir arbeiten an einem Mordfall. Das Opfer war Mitglied in Ihrem Verein und hat dort – wie wir annehmen, da in seinem Haus nichts zu finden war - auch seine Schusswaffen gelagert. Ich würde mir gern das alles ansehen. Ich vermute, dass es in Ihrem Verein einen Verantwortlichen gibt, der sich um den ordnungsgemäßen Gebrauch der Waffen kümmert, zumal bei Ihnen ja auch mit großkalibrigen Waffen geschossen wird."

„Gut, dass Sie vorher anrufen. Man benötigt nämlich zwei Schlüssel um den Waffenraum betreten zu können. Einen Schlüssel hat unser Waffenmeister und der kommt selten vor Mittag hierher. Den zweiten Schlüssel habe ich in Verwahrung. Die wenigen Schützen, die schon morgens hier trainieren, arbeiten überwiegend mit Luftdruckwaffen oder wenige auch mit Federdruckwaffen. Selten kommen Schützen mit erwerbsscheinpflichtigen Waffen wie der Walther SP 22 schon am Vormittag zum Schießstand. Sie bringen ihre Waffen von Zuhaus mit, wo sie in Ruhe diese relativ teuren Waffen pflegen können. Wenn es Ihnen Recht ist, rufe ich Waffenmeister Radowitz an und bitte ihn, schon vor dem Mittag herzukommen. Bitte geben Sie mir Ihre Telefonnummer durch!" HK Mahlmann gab die Nummer durch und legte auf. Das ging ja besser, als er gedacht hatte. Zwei Minuten später klingelte das Telefon und die freundliche Stimme meldete sich erneut.

„Diederichsen. Ich habe mit unserem Waffenmeister gesprochen. Er wird gegen 11 Uhr kommen."

„Danke, das ist sehr nett von Ihnen", erwiderte HK Mahlmann. „Welch' eine Stimme!", dachte er und legte wieder auf.

Ein Blick zur Uhr zeigte ihm, dass er sich sputen musste, denn bis zum Schützenverein würde er etwa eine knappe halbe Stunde brauchen und jetzt war es schon 10.25 Uhr.

Montag, 11.00 Uhr

Sinnigerweise befand sich der Schützenverein in dem Schießscheibenweg und war deshalb schon nicht zu verfehlen. HK Mahlmann hatte die Eingangstür kaum geschlossen, als auch schon eine Dame mittleren Alters zielstrebig auf ihn zukam.

„HK Mahlmann", stellte die Dame lächelnd fest und dem HK wurde etwas seltsam zu Mute. Diese Stimme durchdrang ihn derart, dass er fast vergaß, weswegen er hier gekommen war.

„Ja, Frau Diederichsen", erwiderte er ziemlich einfallslos, „ich komme direkt vom BKA. Wir untersuchen einen Mordfall. Eines Ihrer Mitglieder ist erschossen worden. Wir versuchen das Umfeld zu verdeutlichen."

HK Mahlmann hielt inne. „Was für einen Quatsch erzähle ich bloß!", dachte er, holte ein Taschentuch aus seinem Sakko und tupfte sich ein paar Schweißperlen von der Stirn.

„Ist Ihnen nicht gut?", fragte die Dame, die offenbar als Sekretärin fungierte, mit dieser eindringlichen Stimme.

„Danke, es geht schon, das Wetter..." Er atmete kräftig durch und wollte gerade etwas sagen, als aus dem Halbdunkel eines Flures ein Mann auf ihn zumarschierte. Gehen konnte man kaum sagen, denn der gewiss über einen Meter achtzig große Mann ging nicht nur aufrecht, sondern machte raumgreifende

Schritte, sodass er vor dem HK stand, bevor dieser auch nur einen klaren Gedanken fassen konnte.

„Waffenmeister Radowitz", stellte sich dieser militärisch wirkend Mann vor. „Ich nehme an, dass Sie der Hauptkommissar vom BKA sind. Scheußliche Sache. Um wen handelt es sich denn?"

HK Mahlmann hatte sich inzwischen wieder gefangen und blickte dem Waffenmeister gerade ins Gesicht.

„Bloß nicht an die Sekretärin denken", ging es ihm durch den Kopf.

„Herr Radowitz, es geht um Herrn Horst-Joachim Schumann. Er ist erschossen worden, und zwar mit einer CZ 27. Nun haben wir festgestellt, dass er im Besitz einer solchen Waffe war. Es könnte sein, dass diese Waffe aus der gleichen Lieferung stammt wie die Mordwaffe. Zeigen Sie mir bitte Schumanns Waffenschrank!"

„Kein Problem", entgegnete der Waffenmeister, „kommen Sie bitte mit. Frau Diederichsen hat mich schon informiert, worum es Ihnen geht; ihren Schlüssel hat sie schon aus dem Wandsafe geholt. Wir benötigen keinen Durchsuchungsbeschluss nach § 103 StPO, da die Gegenstände einem Verstorbenen gehört haben." Der Waffenmeister vermied den Begriff 'Ermordeten'. Er ging mit seinen großen Schritten zügig voraus; die Sekretärin folgte ihm mühelos, während HK Mahlmann feststellen musste, dass er wohl lange Zeit nicht mehr genug für seine Kondition getan hatte. Am Ende eines längeren Ganges befand sich eine Tür, die einen stabilen Eindruck machte. Offenbar konnte Waffenmeister Radowitz Gedanken lesen.

„Stahltür mit zehn Bolzen, die sich nur über dieses Rad" - er wies auf eine Art Steuerrad - „aus dem Rahmen herausdrehen lassen. Zuvor müssen aber zwei Schlösser geöffnet werden. Frau Diederichsen, seien Sie so nett und schließen Sie Schloss Eins auf!"

HK Mahlmann sah, wie die Sekretärin eine Metallklappe nach rechts verschob, den Schlüssel ins Schloss schob und dann zweimal nach links drehte. Anschließend tat Waffenmeister Radowitz das gleiche mit Schloss Zwei. Danach fasste er das Rad mit der rechten Hand an und drehte es nach links. Nach etwa drei Umdrehungen zog er das Rad zu sich heran, sodass es ungefähr fünf Zentimeter herausrutschte. In dieser Stellung bewegte er das Rad um eine halbe Drehung nach rechts.

„Nun ist die Warnanlage entschärft", erklärte er dem HK. „Wir bewahren über 100 Waffen im Gesamtwert von fast 80.000 Euro auf. Damit könnte man schon eine Kompanie ausrüsten. Allerdings sind die Gewehre nur bedingt militärtauglich, da sie zum größten Teil nur eine Reichweite von 400 Metern haben, während Scharfschützen in Sondereinheiten über 2000 Meter weit schießen und ein festes Ziel dann auch treffen können. Punkt können selbst gute Sportschützen mit der hier verwendeten Munition nur auf maximal 200 Meter schießen. Pistolen haben naturgemäß eine geringere Reichweite."

Er hielt kurz inne und zog die Tür auf. Sie betraten einen etwa 40 Quadratmeter großen Raum, an dessen Wänden mehrere – wie es schien – Schließfächer angebracht waren. In der Mitte des Raumes befand sich ein durchgehender Schrank, in dem Gewehre aufgehängt waren. Jedes einzelne war mit einer speziellen Vorrichtung gesichert, zu der nur der jeweilige Eigentümer einen Schlüssel hatte. Außerdem waren ein Tisch, drei Stühle und eine kleine Bank sowie ein Abfallbehälter, auf dem stand: „Nur für verölte Putzlappen", vorhanden.

„Fach Nr. 63 gehört Herrn Schumann", ließ sich der Waffenmeister vernehmen, „ich habe alle Nummern im Kopf", fügte er mit einem leisen Anflug von Stolz in der Stimme. „Nur ich habe einen Generalschlüssel, mit dem ich jedes Fach öffnen kann. Das ist aus verschiedenen Gründen notwendig."

Er ging gegen den Uhrzeigersinn um den Gewehrschrank herum. In der rechten hinteren Ecke befand sich die Nr. 63. Waffenmeister Radowitz steckte einen Sicherheitsschlüssel ins Schlüsselloch, drehte ihn zweimal um und zog am Schlüssel die Tür auf. Im Fach lagen drei Kartons, die beschriftet waren. Außerdem gab es ein abschließbares Fach, das, wie Waffenmeister Radowitz bemerkte, nur vom Besitzer des Schranks geöffnet werden konnte. Er könne jedoch mit einem weiteren Generalschlüssel diese Fächer, die zu jedem Waffenfach gehörten, öffnen.

„Sie wissen ja, dass Waffe und Munition getrennt aufbewahrt werden müssen. Mit unserer Anlage erfüllen wir alle Bedingungen des seit dem 1. April 2003 geltenden Waffengesetzes (WaffG) und der seit dem 1. Dezember 2003 geltenden Allgemeinen Waffengesetz-Verordnung (AwaffV)."

Mit diesen Worten drehte er sich um und wollte in den Schrank fassen um einen der Kartons herauszuholen.

„Nicht anfassen!", konnte HK Mahlmann gerade noch rufen, bevor der Waffenmeister einen der Kartons anfassen konnte.

Der HK nahm aus seiner Jackentasche ein Paar Latexhandschuhe, fasste den oberen Karton vorsichtig an und öffnete ihn. Wie die Aufschrift schon darauf hingewiesen hatte, befand sich eine Luftpistole darin. Er stellte den Karton auf den Tisch und nahm den zweiten Karton, in dem sich die tschechische Pistole befinden sollte, in die Hände. Der Karton war überraschend leicht. Nun wiegt eine CZ 27 nur 670 Gramm ohne Munition, aber dieser Karton wog höchstens 100 Gramm. HK Mahlmann stellte den Karton auf den Tisch neben den anderen Karton und öffnete ihn. Außer einer kleinen Broschüre mit dem Titel 'Explosivzeichnung' und einem leeren Magazin für acht Schuss war der Karton leer. Um ganz sicher zu gehen, überprüfte HK Mahlmann noch den dritten Karton. Er enthielt, wie fast zu erwarten gewesen war, die Baretta 92.

„Wann war Herr Schumann das letzte Mal hier?", fragte der HK.

„Das ist bestimmt schon drei Wochen her", meinte der Waffenmeister.

„Es ist genau drei Wochen her", ließ sich Frau Diederichsen vernehmen. „Wir hatten um 9 Uhr für die Luftgewehrmannschaft den Raum geöffnet. Die hatten doch am darauf folgenden Wochenende einen Wettkampf gegen die Jesteburger und wollten ein Zusatztraining absolvieren. Gegen 10.30 Uhr kam Herr Schumann und hat anschließend ein paar Schuss mit seiner Walther abgegeben. Um halb zwölf ist er dann gegangen und hat mir beim Weggehen gesagt, dass er wohl in den nächsten vier Wochen nicht zum Schießen käme, da er eine längere Auslandsreise antreten wolle."

„Wäre es möglich, dass er sein Schließfach nicht ordentlich verschlossen hat, weil er ja sowieso nur ein paar Schuss aus der Walther hatte abgeben wollen?", wandte sich der HK an den Waffenmeister.

„Das ist kaum anzunehmen. Es ist Pflicht, das Fach zu verschließen, bevor man den Tresorraum verlässt. Und Herr Schumann war in jeder Beziehung pingelig, was die Waffen betrifft."

„Es könnte doch sein, dass er – aus welchen Gründen auch immer – einmal unvorsichtig gewesen ist, zumal ja nur Vereinsmitglieder anwesend waren."

HK Mahlmann fischte nach seinem Mobiltelefon.

„Das können Sie vergessen", warf der Waffenmeister ein, „hier ist keine Verbindung möglich. Sie müssen schon auf den Gang zurück." HK Mahlmann brummelte zustimmend, ging vor die Tresortür und wählte die Nummer von HK Sawitzki.

„Was gibt's Neues vom Schießstand?", fragte die HK.

„Schumanns CZ ist nicht in seinem Schließfach. Die beiden anderen Pistolen sind vorhanden. Zwar meinen die zuständigen Leute, dass er immer sehr sorgfältig mit allem, was seine Waffen betrifft, gewesen ist, aber ganz ausschließen können sie nicht, dass jemand die CZ entwendet hat. Schumann soll mit seiner Walther trainiert haben, und die Walther befand sich augenscheinlich im obersten Karton im Schließfach. D. h., dass er nicht unbedingt bemerken musste, dass die CZ verschwunden war."

„Er hat sie aber doch auch selbst mitnehmen können", warf HK Sawitzki ein.

„Das ist nicht auszuschließen", entgegnete HK Mahlmann, „aber deshalb möchte ich vorschlagen, dass die Spusi in kleiner Besetzung herkommt und das Fach und die Waffen untersucht."

Montag, 12.00 Uhr

Fast hätte HK Ohlendorff die Abfahrt übersehen, als er auf der A 23 Richtung Elmshorn unterwegs war. Die B 413 kreuzte hier die A 23, wie auch einige Kilometer weiter die K 10. Dummerweise gab es zur Köllner Chaussee keine Abfahrt. Die B 413 war wie leer gefegt und 5 Minuten später bog er in die Köllner Chaussee ein und nach nur wenigen hundert Metern konnte er links in den Kastanienweg einbiegen. Parkplätze gab es um diese Zeit reichlich, sodass er zwei Hausnummern vor seinem Ziel in eine Lücke steuern konnte. Er wollte gerade auf den Klingelknopf neben dem Namensschild A. Wohlers drücken, als auch schon die Eingangstür geöffnet wurde.

Eine gepflegt aussehende, freundliche Dame blickte ihn an und meinte ziemlich trocken: „HK Ohlendorff, nehme ich an? Treten Sie ein! Keine Angst, Sie müssen nicht mit mir zu Mittag essen. Aber einen Kaffee werden Sie wohl nicht ausschlagen?"

Emre Ohlendorff hatte das Gefühl, als liefe die Geschichte mit dem Kollegen Winckelhof erneut ab, nur mit anderer Besetzung. Er murmelte eine Art Begrüßung.

„Hoffentlich ist der Kaffee genießbar!", dachte er und betrat das Haus. Frau Wohlers bat ihn ins Wohnzimmer und HK Ohlendorff blickte überrascht um sich. Er hatte mit Plüsch und Nippes gerechnet; allerdings war Simons Tante wohl kaum wesentlich älter als 60 Jahre, so dass sie von der so genannten Kriegsgeneration doch um einiges entfernt war. Neben wenigen Antiquitäten bestand das Mobiliar aus, wie es dem HK erschien, massivem Holz, vermutlich Erle. Auf dem Sofatisch stand modernes Geschirr aus einer Rosenthalkollektion der frühen siebziger Jahre und auf einem Kuchenteller befanden sich mehrere Stücke gedeckten Apfelkuchens. Daneben stand eine Schüssel mit Schlagsahne.

„Nehmen Sie doch Platz!", forderte Frau Wohlers den HK auf, der, noch immer sprachlos, sich in einen bequemen Sessel fallen ließ. Frau Wohlers legte ihm ein Stück Kuchen auf den Teller.

„Wenn Sie glauben, dass ich das zweite Gesicht habe, muss ich Sie enttäuschen. Der Kuchen befand sich schon im Backofen, als Ihr Anruf kam. Meine Enkelin will mich heute Nachmittag besuchen und gedeckter Apfelkuchen ist ihr Lieblingskuchen. Aber das interessiert Sie vermutlich weniger. Was wollen Sie über meinen Schwager wissen?" HK Ohlendorff musste sich erst einmal sammeln. Außerdem hatte er gerade von dem hervorragenden Apfelkuchen ein großes Stück in den Mund geschoben, so dass er sich nur mit Mühe hätte verständlich machen können.

„Mmh, ja", nuschelte er mehr, als dass er sprach. „Wie standen Sie denn zu Ihrem Schwager?"

„Das ist schnell gesagt", erwiderte Frau Wohlers. „Vor dem schrecklichen Unglück war der Kontakt fast eingeschlafen. Ich habe zwar ab und zu mit meiner Schwester telefoniert, aber wir haben uns höchstens zweimal im Jahr getroffen. Meist war ihr Mann auf Geschäftsreise, wenn sie mich eingeladen hatte. Als Simon dann zur Welt gekommen war, trafen wir uns etwas häufiger, und auch mein Schwager war ab und zu dabei. Er wirkte aber immer etwas abweisend und ich habe ihn nur ganz selten lachen gesehen."

HK Ohlendorff nahm einen vorsichtigen Schluck Kaffee, den er weder mit Sahne noch mit Zucker versehen hatte. Zwar war der Kaffee nicht so stark, wie er ihn immer zubereitete, aber das Aroma war so, wie der Duft vermuten ließ: hervorragend.

Offenbar war dem HK anzusehen, wie gut der Kaffee schmeckte, denn Frau Wohlers erklärte kurz: "Fairtrade aus Nicaragua, selbst gemahlen. Nicht auf die deutsche Art geröstet, sondern auf die italienische."

HK Ohlendorff nickte und versuchte zum eigentlichen Zweck seines Besuches zurückzukommen.

„Was wissen Sie über die Geschäfte Ihres Schwagers", setzte er ziemlich unvermittelt fort. Frau Wohlers dachte einen Augenblick nach und nahm einen kräftigen Schluck aus ihrer Tasse. „Er hat gewiss nicht das gemacht, was man an dem so genannten ehrbaren Kaufmann schätzt. Ihm ging es offenbar nur um Geld. In den wenigen Gesprächen wurde klar, dass er nicht ein gewöhnlicher Kaufmann im Groß- und Außenhandel gewesen ist. Wenn wir das Thema Geschäftstätigkeit anrissen, blockte er ab. Allerdings bezog er vorsichtig Stellung, wenn wir über sein Hobby, das Schießen, und auf allgemeine Probleme des Waffenhandels zu sprechen kamen. Er fand immer Gründe, die den Schwarzen Peter bei den Benutzern der Waffen sahen, nicht bei den Herstellern oder den Händlern. Als ich einmal von den Händlern des Todes, wie in einem Zeitungsartikel aus den neunziger Jahren ein russischer Waffenhändler bezeichnet wurde, sprach, reagierte er sehr barsch.

>>Diese einseitige Darstellung zeigt doch nur, dass du genau wie die Möchte-gern-Pazifisten keine Ahnung hast, was ohne den Handel geschehen würde. Ein Gleichgewicht wäre dann überhaupt nicht mehr herstellbar. Warum haben denn die Araber gegen Israel immer verloren? Doch nur, weil die Amis neben Waffen und Geld auch logistische und infrastrukturelle Hilfe geleistet haben. Als dann die Ägypter am Boden lagen und auch deren Verbündete, wäre Israel ohne den freien Handel einzige wirkliche Macht gewesen. Die arabischen Staaten hätten sich nicht erholen können, da die Sowjetunion andere Probleme hatte, als sich in einem regionalen Konflikt materiell zu engagieren. Insbesondere hätten die Ägypter zusätzliche Schwierigkeiten gehabt, sich gegen die Libyer durchsetzen zu können. Das ist alles sehr komplex und auch nicht widerspruchsfrei.<<"

Frau Wohlers Gestik und Mimik machten deutlich, was sie von den Argumenten ihres Schwagers hielt.

„Am schlimmsten fand ich, dass er seinen Sohn über – ich nenne das die amerikanische Methode – seinen Schützenverein an die Benutzung von Waffen gewöhnen wollte. Er hatte ihn ein paar mal mitgenommen und zeigte sich begeistert über Simons ruhige Hand. Simon aber hatte schnell genug vom Geballere, wie er sich auszudrücken pflegte, und weigerte sich mit zum Verein zu gehen."

HK Ohlendorff glaubte sich verhört zu haben: „Simon hat Schießen gelernt?"

„Nur mit Luftpistolen", entgegnete Frau Wohlers. „Und er ist vielleicht drei-, viermal hingegangen. Er hatte aber bald keine Lust mehr. Seine Mutter hat ihn in dieser Haltung unterstützt. Und dann ist meine Schwester gestorben und Simon musste sich allein gegen einige Vorstellungen seines Vaters, was denn aus ihm werden solle, durchsetzen. Er wollte jedenfalls nicht in diesem Geschäft des Todes, wie er sich später einmal ausdrückte und damit den amerikanischen Ausdruck Merchant of Death übersetzte, arbeiten."

Der HK musste erst einmal einen Schluck Kaffee zu sich nehmen. Die Frau Wohlers kannte sich aber gut aus.

„Warum hat Ihr Schwager seine Geschäftsanteile verkauft?"

Frau Wohlers dachte einen Augenblick nach: „Ich weiß es nicht. Wie ich bereits bemerkt habe, hat er über seine Geschäfte mit niemandem gesprochen, soweit ich weiß. Nicht einmal meine Schwester wusste genau, um was es sich handelte. Wir haben jedoch vermutet, dass er zumindest moralisch zweifelhafte

Geschäfte getätigt hat. Es gab und gibt ja Möglichkeiten, das so genannte Kriegswaffenkontrollgesetz zu umgehen. So hat eine deutsche Automobilfirma Lastwagen an eine Regierung verkauft, die angeblich nur zum Transport von Ordnungskräften – wie man beschönigend sagt – gedacht waren. Tatsächlich konnte man mit wenigen Umbauten auch schwere Waffen montieren und bei Aufständen diese Fahrzeuge sogar im Gelände benutzen – auch gegen die eigene Bevölkerung. Aber um auf Ihre Frage zurückzukommen: Vielleicht hatte er einfach keine Lust mehr, dieses vermutlich nicht ungefährliche Geschäft fortzuführen. Das Ziel, seinem Sohn die Firma zu überlassen und gewissermaßen eine Familientradition aufzubauen, gab es nach Simons Ausstieg wohl nicht mehr. Für seine Bedürfnisse hatte Hans-Joachim genug zurückgelegt, vermute ich. Außerdem soll er nicht völlig aus der Branche verschwunden gewesen sein. Aber das wissen Sie doch wohl besser."

Emre Ohlendorff fragte sich, woher diese freundliche Dame so viel wusste und wie sie solche Schlüsse ziehen konnte. Da seine Frageliste aber weitgehend abgearbeitet war und ihm auch nichts einfiel, was sich durch das Gespräch ergeben hätte, stand er auf und bedankte sich bei Frau Wohlers. „Sollte Ihnen noch etwas einfallen, rufen Sie mich bitte an!" Er reichte ihr eine Visitenkarte, verabschiedete sich höflich und ging nachdenklich zu seinem Wagen. Dort gab er die Nummer seiner Kollegin und Vorgesetzten Anke Sawitzki ein.

„Na, was gibt's denn so Wichtiges, dass du mich vom Wagen anrufst?", frotzelte sie, wurde aber gleich darauf wieder ernst. HK Ohlendorff berichtete zusammenfassend, was er hatte in Erfahrung bringen können.

„Ich finde, dass wir beide Stränge verfolgen sollten. Die Möglichkeit, dass er auf Grund irgendwelcher Geschäfte ins Jenseits befördert worden ist, lässt sich zwar nicht völlig ausschließen, scheint mir jedoch eher etwas zu glatt und hergesucht. Wie du am Freitag schon angedeutet hast, sollten wir das persönliche bzw. private Umfeld nicht vergessen. Ich denke, dass wir gleich noch einmal alles durchgehen sollten. Heute morgen haben wir ja schon die These vom Profikiller mehr oder minder gestrichen. Bis gleich." Der HK löschte die Verbindung und startete den Motor.

Montag, 15.00 Uhr

Als HK Ohlendorff das Büro betrat, war die Mannschaft schon anwesend, nur HK Mahlmann befand sich noch auf dem Rückweg vom Schützenverein. Offenbar hatte HK Sawitzki schon die übrigen Kommissare informiert. Sie musste also nur noch ihm von den übrigen Recherchen erzählen, insbesondere von HK Mahlmanns Ergebnissen.

„Es scheint so, als müssten wir uns mit dem Sohn befassen", fing Anke Sawitzki an. „Folgende Probleme ergeben sich."

Sie schaltete die Tafel ein und zeigte mit dem Cursor auf die jeweiligen Fotos oder Verbindungslinien. Fast alle Personenbilder hatten irgendwelche Verbindungen zu anderen Personen, aber auch zu Begriffen oder zu Sachfotos. Sie setzte die Verbindungslinien in den Hintergrund und baute neue Linien auf, jetzt von Simon Schumann ausgehend.

„Wir müssen als erstes sein Alibi überprüfen. Es ist ja ziemlich weich, da er keine Beweise anbringen konnte, wann er zu welcher Zeit an welchem Ort gewesen sein mochte. Der zweite Punkt hängt mit der Waffe zusammen. Vermutlich ist Hans-Joachim Schumann mit seiner eigenen Waffe erschossen worden. Die Möglichkeit, dass ein simpler Einbrecher die Waffe irgendwo zufällig gefunden hat, ist äußerst gering. Dass er sich dann in aller Ruhe an den Tisch zum Opfer gesetzt haben soll, um Schumann aus nächster Entfernung in den Kopf zu schießen, ist ebenfalls nicht glaubhaft. Wie aber ist der Täter an die Waffe gekommen?"

Als hätte sie damit ein Stichwort gegeben, klopfte es und HK Mahlmann betrat den Raum. Er wirkte sehr gelassen und nicht im geringsten hektisch.

„Wir sprechen gerade über die Hypothese, dass Simon seinen Vater erschossen hat", erläuterte HK Sawitzki den BKA-Kollegen, „trotz mancher Ungereimtheiten scheint dieser Ansatz wesentlich wahrscheinlicher als die Profikillerthese oder die Einbrecherstory. Uns fehlt aber einiges, vor allem beweisfähiges Material."

HK Mahlmann setzte sich und berichtete.

„Theoretisch", kam er gleich zum seiner Meinung nach wichtigsten Punkt, „könnte jemand, der sehr geschickt vorgeht, die CZ an sich gebracht haben. Allerdings ist die Wahrscheinlichkeit sehr gering. Das Sicherheitssystem im Verein ist ziemlich einfach, aber sinnvoll. Es bleibt nur die Möglichkeit, dass das Opfer die Waffe selbst mitgenommen hat. Wir sollten das leergeräumte, verschließbare Fach auf Spuren, die jede Waffe hinterlässt, untersuchen."

HK Sawitzki nickte zustimmend. Da auch die anderen Kommissare zustimmend nickten, rief sie die Spusi an und bat darum das bewusste Fach auf Spuren zu untersuchen, die mit Waffen zu tun haben könnten. Danach berichteten die anderen Kollegen ihrerseits, was sie herausgefunden hatten. Auf der Tafel erschienen neue Linien. Die meisten liefen, was zu erwarten war, zum Foto des Opfers. Aber auch Simon Schumann wurde mit einigen Punkten verbunden. Allerdings standen Fragezeichen neben diesen Linien: Motiv, Alibi, beweisbares Material.

„Angenommen", begann nach einer Weile intensiven Nachdenkens HK Anke Sawitzki, „der Sohn sei der Täter. Was haben wir an Beweisen, die vor Gericht Bestand haben würden? Fingerabdrücke von Simon sind nur als alte Abdrücke vorhanden. Auf dem CD-Player hat die Spusi ausschließlich Abdrücke des Opfers gefunden. Nicht zuordnungsfähige sind nicht vorhanden. Gestohlen wurde offenbar nichts, ein Kampf hat nicht stattgefunden. Motiv könnten im Finanziellen stecken; dagegen spricht, dass Simon jeden Monat 600 Euro überwiesen wurden. Möglich wäre auch, dass es zu einer verbalen Auseinandersetzung gekommen ist, in deren Folge das Opfer auf seinen Sohn losgegangen ist. Frage allerdings: Woher kommt die Pistole? Es ist ja kaum anzunehmen, dass der Vater seinem Sohn die Waffe in die Hand gedrückt hat."

„Moment", ließ sich unvermutet HK Ohlendorff hören. „Es könnte doch sein, dass das Opfer seinen Sohn gewissermaßen zurückholen wollte. Dafür spricht, dass die Bestellung für zwei Personen gedacht war und dass offensichtlich eine CD aufgelegt hat, die eher zu Simon als zu Hans-Joachim passt. Aus irgendeinem Grund muss aber ein Streit stattgefunden haben, der urplötzlich eskalierte."

„Das ist zum Teil stimmig, aber auch recht glatt", warf HK Mahlmann ein. „Ich würde mir noch weitere Fragen stellen. Warum hat der Alte die Waffe mit nach Haus genommen? Woher kommt der von uns angenommene Wandel in der Beziehung des Vaters zu seinem Sohn? Außerdem: Wenn der Streit gewissermaßen aus heiterem Himmel gekommen ist, hat Simon den Ablauf der Handlung nicht bestimmen können. Welchen Grund hat er überhaupt gehabt seinen Vater zu besuchen? Wenn wir plausible Antworten bekommen, müssen wir das Alibi genauestens überprüfen. Immerhin scheint es nur ein Fenster von wenigen Stunden zu geben. Am späten Nachmittag müsste Simon sich auf den Weg gemacht haben. Da er kein Auto hat, bleiben nur Bahn oder Bus übrig. Die Busfahrt über die A 1 schließe ich allerdings aus, weil die vielen Baustellen und die dadurch entstehenden Staus eine Berechnung der Fahrzeit unmöglich machen. Ich denke, er müsste mit der Bahn gefahren sein. Außerdem dürfte er vorher diesen Termin festgelegt haben. Vielleicht hat er sich auch nur kurzfristig angemeldet. Wir sollten die Verbindungen prüfen. Wenn wir Glück haben, hat er sein Handy benutzt."

HK Mahlmann setzte sich gerade auf und blickte in die Runde. HK Sawitzki nickte ihm – wie er annahm – zustimmend zu.

„Vielleicht ist Simon gar nicht der schlechte Schachspieler, wie er gesagt hat", warf Kommissar Winckelhof ein.

Völlig unerwartet sprang HK Ohlendorff aus seinem Stuhl, stürmte förmlich zur Tafel und blieb vor den Fotos aus der Wohnung stehen.

„Wie kann man nur so dämlich sein!", sprudelte es förmlich aus ihm heraus. „Wir haben den Wald vor lauter Bäumen nicht gesehen. Dass die Tat spontan gewesen sein mag, will ich nicht bestreiten. Er hat sich dann aber vermutlich eine gute halbe Stunde, vielleicht auch fast eine Stunde, im Haus aufgehalten. Dafür spricht, dass die CD noch nicht ganz abgelaufen war, als Jörg Mahncke das Haus betrat. Viel angefasst hat Simon nicht, sonst hätte die Spusi etwas gefunden. Er muss aber nach der Tat relativ ruhig gehandelt haben, denn eventuelle Spuren hat er entfernt. Die Tat muss zwischen etwa 20 Uhr und 20.50 Uhr geschehen sein. Danach hatte der Täter bis maximal 20.55 Uhr Zeit eventuelle Spuren zu vernichten und das Haus zu verlassen. Peter 5 war 20.56 Uhr vor Ort. Vermutlich ist der Täter durch den Garten und über ein Nachbargrundstück entkommen. In der Hektik muss er dann einen Fehler gemacht haben. Seht euch doch noch einmal das Foto von der Bücherwand an!"

Die Kommissare stellten sich vor der Tafel auf; Kommissar Winckelhof legte den Kopf schräg auf die hochgezogene Schulter, als könne er dadurch die fehlende dritte Dimension hervorzaubern; HK Sawitzki ging leicht in die Hocke um jedes Pixel aus der gleichen Perspektive anzublicken. Ein heimlicher Zuschauer hätte das Gefühl haben können, hier versuche eine moderne Theatergruppe ein noch allen unbekanntes Stück zu interpretieren, indem alle möglichen Perspektiven bei der Betrachtung eines Heiligenbildes bedacht werden sollten.

„Na klar doch!", platzte es aus HK Ohlendorff heraus, „ich habe es doch geahnt."

„Ich seh' nix", brummelte HK Mahlmann, und auch HK Sawitzki runzelte nur die Augenbrauen.

„Was haben wir übersehen, Emre?", fragte sie schließlich HK Ohlendorff.

„Seht euch doch einmal die zweite Reihe bei den Schachbüchern an!", forderte HK Ohlendorff die versammelte Mannschaft auf. Wieder angestrengtes Starren – und dann schien eine Art Pfingsten auszubrechen, so plötzlich leuchtete das Verstehen in den Augen.

„Da fehlen knapp zwei Zentimeter zwischen dem Lehrbuch von Edmund Nebermann: „Radio-Schach" aus den Anfängen des Radios und dem Eröffnungsbuch von Richard Reti aus den zwanziger Jahren des 20. Jahrhunderts. Wenn ihr genau hinseht, werdet ihr feststellen, dass an dieser Stelle nicht ein Staubkörnchen liegt. Zwar ist das gesamte Regal offenbar häufig gereinigt worden, aber ein bisschen Staub hat sich, wie ihr vor den Büchern sehen könnt, schon wieder niedergelassen. Zwischen den beiden Bänden ist der Regalboden aber blitzblank, als sei dieser Teil gerade vor wenigen Minuten gewischt worden. Tatsächlich aber fehlt ein Buch; irgendjemand muss das Buch mitgenommen haben. Nach meiner Meinung kann das nur der Täter gewesen sein. Ein Einbrecher hätte, wenn er es auf Schachbücher abgesehen hätte, gleich ein paar der wertvollsten mitgenommen. Sollte aber Simon das Buch mitgenommen haben, müssten wir das Motiv herausfinden. Außerdem müssen wir ihm nachweisen, dass er dies Buch mitgenommen hat. Dazu müssten wir wissen, um welches Buch es sich handelt."

Die Kommissare nickten zustimmend und HK Ohlendorff blickte seine Vorgesetzte an; dabei spielte ein spöttisches Lächeln um seine Lippen, wie es der HK schien.

„Vielleicht sollten wir den bewussten Oberstudienrat zu Rate ziehen!", bemerkte HK Ohlendorff, „immerhin hat er damals, als der Junge seiner Schachgruppe ermordet worden war, wichtige Hinweise geben können. Und letztlich hat der Mörder ihm die Tat gestanden. Es käme auf einen Versuch an."

HK Sawitzki merkte, wie eine leichte Röte auf ihrem Gesicht erschien. „So ein Aas", dachte sie bei sich, musste aber innerlich lächeln, „hat mich der liebe Kollege doch durchschaut."

„Gut, Emre, rufe doch bitte den Herrn Rudolph an, dass wir seine Hilfe brauchen! Es könnte auch sein, dass er zum Tatort kommen muss, wenn ihm nicht einfallen sollte, welches Buch an der Leerstelle hätte vielleicht stehen können."

Bevor HK Ohlendorff die Telefonnummer eingeben konnte, klopfte es leise an die Tür. Ohne ein „Herein!" abzuwarten, wurde die Tür geöffnet und Frau Dr. Hollerbeck, die Forensikerin, trat ein. Sie war die Nachfolgerin von Frau Dr. Luisa Webern, die kürzlich aus gesundheitlichen Gründen in den vorläufigen Ruhestand versetzt worden war.

„Entschuldigen Sie mein Hereinplatzen, aber wir haben eine wichtige Entdeckung gemacht und ich wollte sicher gehen, dass die Crew noch beisammen war."

HK Sawitzki lächelte aufmunternd, kannte sie doch die fast an Schüchternheit grenzende Art der medizinischen Forensikerin.

„Die erste oberflächliche Untersuchung hat ja Dr. Weißhaubt am Fundort des Leichnams vorgenommen. Außer der Tatsache, dass Herr Schumann erschossen worden ist, waren weitere Verletzungen nicht zu erkennen. Wir haben uns dann heute morgen an die Autopsie gemacht. Nachdem wir das Projektil entfernt und zur Ballistik gebracht hatten, machten wir zuerst eine allgemeine Untersuchung des Körpers, um sicher zu stellen, dass es nicht weitere Verletzungen gibt. Dies war nicht der Fall. Alle übrigen Untersuchungen zeigten keine außergewöhnlichen Ergebnisse. Vor einer halben Stunde war auch die Untersuchung auf Drogen oder Medikamentenmissbrauch abgeschlossen. Dr. Weißhaubt fand dabei geringe Abweichungen vom normalen Blutbild. Wir untersuchen jetzt, woher diese Abweichungen stammen könnten." Einen kleinen Augenblick herrschte Stille. HK Ohlendorff fand als erster seine Stimme wieder.

„Vielleicht liegt hier der Schlüssel zur Einladung. Vielleicht fühlte sich Schumann krank oder war es wirklich. Wollte er nur seinen Sohn davon unterrichten oder steckt mehr dahinter?" HK Sawitzki nickte zustimmend.

„Wir müssen also das Umfeld erweitern. Rufe aber trotzdem unseren Oberstudienrat an!"

Montag, 18.00 Uhr

„Rudolph, guten Tag", meldete sich die HK Ohlendorff wohl bekannte sonore Stimme.

„HK Ohlendorff, guten Abend", erwiderte der HK, „ich nehme an, dass Sie sich noch an mich erinnern."

Bevor HK Ohlendorff fortfahren konnte, zeigte Oberstudienrat Rudolph, dass er auf dem Laufenden war.

„Ich nehme an, dass Sie vom LK 41 nicht wegen irgendwelcher Schülerstreiche anrufen. Außerdem kann ich Ihnen zur Beförderung gratulieren, glaube ich. Aber das wird vermutlich schon ein paar Jahre her sein, nicht wahr?" Hier schien es HK Ohlendorff, als könne er sehen, dass der Oberstudienrat ganz leicht die linke Augenbraue hob. Aber der Lehrer fuhr derart schnell fort, dass HK Ohlendorff keine Zeit hatte über diese Halluzination länger als nur eine zehntel Sekunde nachzudenken.

„Sie rufen doch sicherlich wegen des Mordes an Herrn Schumann an. Sein Sohn, der Simon, war vor wenigen Jahren in der Schachgruppe des Gymnasiums. Ein netter Junge, nur, wie mir schien, etwas zurückhaltend, wenn man es vorsichtig ausdrücken will. Ich denke, dass er den Tod seiner Mutter nicht verwinden konnte. Außerdem war sein Verhältnis zum Vater wohl etwas angespannt. Herr Schumann war nach dem Tode seiner Frau nur ein- oder zweimal auf Elternabenden, wie mir der Klassenlehrer, Dr. Winterberg, mitteilte, als ich ihn um Rat bat. Simon schien nicht gern zu gewinnen, jedenfalls verhielt er sich seltsam bedrückt, wenn Mitspieler Schach als Krieg mit anderen Mitteln bezeichneten. Aber Sie haben gewiss eine konkrete Frage an mich, und ich halte Sie mit dem Geschwätz eines alten Mannes auf."

HKJ Ohlendorff musste erst einmal diese für den Lehrer typische kleine Rede verkraften, fing sich aber und erklärte, worum es ging, ohne dass er nur im Entferntesten durchblicken ließ, dass Simon Schumann im Mittelpunkt ihrer Recherchen stand.

„Es könnte sein, dass der oder die Täter ein Schachbuch mitgenommen haben, aus welchen Gründen auch immer. Leider konnte uns bisher niemand einen Hinweis geben, um welches Buch es sich handeln könnte. Unter Umständen ließen sich Rückschlüsse auf den Täter ziehen." Oberstudienrat Rudolph schien nachzudenken, denn außer einem Brummen konnte HK Ohlendorff nichts aus dem Hörer vernehmen. Dann räusperte sich der Oberrat, wie HK Ohlendorff ihn insgeheim nannte.

„Ich weiß, dass Herr Schumann eine zwar kleine, aber ausgesuchte Schachbibliothek hat. Neben Standardwerken wie Paul Keres' Theorie der Schacheröffnungen und einigen Biographien nannte er bestimmt ein Dutzend Erstausgaben sein Eigen. Simon durfte ein paar dieser Kostbarkeiten mit zum Training bringen. Haben Sie vielleicht einen Hinweis, der mir helfen könnte die Überlegungen auf einen kleinen Kreis von Büchern zu beschränken?"

HK Ohlendorff dachte kurz nach.

„Herr Schumann hat alle Bücher nach Themen sortiert und innerhalb dieser Themenkreise alphabetisch. Das trifft auch auf die Schachbibliothek zu. Es fehlt ein Autor oder Herausgeber; zwischen Nebermann und Réti befindet sich eine Lücke. Bei der Spezialuntersuchung dieser Leerstelle konnte unsere Spusi mit hoher Wahrscheinlichkeit feststellen, dass nur ein Buch fehlt, das etwa 6 mm dick sein soll."

„Wäre es möglich, dass ich mir die Bibliothek anschaue?", fragte Rudolph.

„Das ist kein Problem", erwiderte HK Ohlendorff, „wann würde es Ihnen passen?" OStR Rudolph dachte kurz nach.

„Morgen habe ich um 16 Uhr eine Fachkonferenz. Da ich der Fachleiter für Deutsch bin, wäre es vermutlich nicht sehr höflich den Kolleginnen und Kollegen kurzfristig abzusagen, zumal die Planung durch den obligatorischen Nachmittagsunterricht nur alle sechs Wochen einen solchen Termin zulässt. Wie wäre es am Mittwoch gegen 8 Uhr? Ich hätte dann eine halbe Stunde Zeit, da mein Unterricht erst mit der zweiten Stunde beginnt." HK Ohlendorff schnaubte kaum hörbar.

„Herr Rudolph, wir sind ziemlich im Druck. Würde es Ihnen etwas ausmachen, wenn wir noch heute den Tatort ansähen? Wir könnten Sie innerhalb von zehn Minuten abholen und würden Sie auch wieder nach Hause bringen."

Aus dem Hörer drang ein seltsames Gebrummel. Dann ließ sich die sonore Stimme des Oberstudienrates erneut vernehmen.

„Es ist jetzt achtzehn Uhr und fünfzehn Minuten. Ich bin in 15 Minuten am Tatort. Ich erinnere mich noch, wo Familie Schumann wohnt. Ich müsste dann aber spätestens um 19 Uhr wieder losfahren, weil ich in Volksdorf eine Chorprobe habe. Unsere Aufführung findet in vier Wochen statt und ich bin der Korrepetitor, will heißen, dass ich unseren Chorleiter mit meinen schwachen Kräften unterstütze." Hier glaubte HK Ohlendorff förmlich sehen zu können, wie sich die linke Augenbraue des Lehrers leicht hob, als wolle er über sich selbst spotten.

„Vielen Dank für Ihr Entgegenkommen", bedankte sich der HK formelhaft.

„Nun übertreiben Sie aber", warf der OStR ein und ließ ein vergnügtes Räuspern hören. „Beeilen wir uns lieber!"

Montag, eine Viertelstunde später

Als OStR Rudolph am Tatort ankam, stand bereits ein dunkler PKW vor dem Haus. Er hatte noch nicht einmal die Fahrertür richtig geöffnet, als auch schon HK Ohlendorff auf ihn zukam, dicht gefolgt von HK Sawitzki, an die er sich nur allzu gut erinnerte.

„Schön, dass Sie da sind", grüßte HK Ohlendorff den Lehrer, der seinerseits HK Sawitzki freundlich zunickte. Anke Sawitzki merkte, wie ihr Gesicht leicht errötete, als wäre sie ein junges Mädchen, das seinem Schwarm unvermutet begegnet.

„Ich geh' schon mal ins Haus und öffne die Terrassentür", sagte HK Ohlendorff, ging zur Eingangstür und schloss auf.

„Kommen Sie bitte mit!", bat HK Sawitzki den Lehrer mit knappen Worten, „wir nehmen den gleichen Weg, den der arme Pizzalieferant genommen hat." Dann ging sie etwas forscher, als sie es sonst zu tun pflegte, voraus. HK Ohlendorff hatte bereits die Terrassentür geöffnet und empfing seine Kollegin und den hinter ihr herschreitenden OStR Rudolph, wie man ein befreundetes Ehepaar, das zu einem lang ersehnten Besuch eintrifft, ins Haus bittet. HK Sawitzki machte einen leicht verwirrten Eindruck, während Wilfried Rudolph wieder einmal die linke Augenbraue leicht hob. Dann wies HK Ohlendorff auf die Bücherwand.

„So haben wir im Großen und Ganzen den Tatort vorgefunden", erklärte HK Sawitzki und und erläuterte das System, nach dem Horst-Joachim Schumann seine Bücher geordnet hatte.. „Wie Sie sehen, hat Herr Schumann seine Bücher sorgfältig nach Gebieten und dann alphabetisch sortiert." Sie zeigte auf die Regale mit den Schachbüchern. OStR Rudolph trat näher an das Regal heran.

„Darf ich die Bücher anfassen?", fragte er die HK.

„Selbstverständlich", entgegnete diese, „die Spusi hat alles sorgfältig untersucht und alle Spuren gesichert." Der Lehrer nahm ein ziemlich dickes Buch aus dem Regal.

„Paul Keres, ausgewählte Partien 1931 - 1958", zitierte er. „das Buch hat der Simon mit in den Unterricht gebracht. Auf der ersten Seite müsste ein Widmung stehen." Indem er dies sagte, schlug er den Buchdeckel auf und las vor:

„Zur Erinnerung an das Schach-Wochenende auf der Treudelburg, Robert Hübner. Damals war Dr. Hübner der jüngste Schachgroßmeister Deutschlands. Leider hat er es niemals geschafft sich für eine Weltmeisterschaft zu qualifizieren. Er ist immer knapp in der Vorentscheidung gescheitert." HK Ohlendorff räusperte sich.

„Entschuldigen Sie!", fuhr Rudolph fort, „sie wollen ja etwas ganz anderes wissen. Die Lücke zwischen Nebermann und Reti ist leider groß genug um einige Dutzend Autoren unterzubringen. Petrosjan, gegen den Hübner bei einer Schacholympiade gewonnen hat, gehört ebenso in diese Reihe wie das Allroundgenie Philidor; die Philidor-Verteidigung wird noch heute gespielt. Seine Kompositionen – sein Großvater war ein berühmter Komponist – sind aber nahezu vergessen." OStR Rudolph lächelte HK Sawitzki zu.

„Ich hoffe, ich langweile Sie nicht!"

„Oh nein", erwiderte HK Sawitzki wenig geistreich, „es scheint, als hätte jeder Schachspieler von einigem Rang auch massenhaft Bücher geschrieben."

„Das ist noch nicht alles", setzte der Oberrat hinzu, „es gibt ja auch jede Menge Bücher, in denen Schach eine Rolle spielt. So hat der verstorbene Martin Beheim-Schwarzbach nicht nur hervorragend Schach gespielt; er hat auch literarische Werke verfasst, in denen Schach eine Nebenrolle spielt. Sogar eine Geschichte auf Plattdeutsch findet sich darunter." Bei diesen Worten schlug sich der ansonsten eher ruhige Lehrer an die Stirn.

„Was für ein Esel bin ich doch! Wir, also meine Schach-AG und ich, haben uns vor einigen Jahren mit Retroschach beschäftigt. Dabei wird eine Partie gewissermaßen rückwärts gespielt. Simon brachte uns damals ein Buch des spanischen Autors Arturo Pérez-Reverte mit, das er von seinem Vater erhalten hatte. „Das Geheimnis der schwarzen Dame" war gerade herausgekommen. In Südamerika stand der Roman eine lange Zeit in den Bestsellerlisten. Simon hatte das Buch, wie er sagte, in zwei Tagen durchgelesen. Da eine Schachpartie in dem Roman eine große Rolle spielt, hatte Simon die im Buch gedruckte Stellung aufgebaut und dann nach dem Fortgang des Geschehens entsprechend zurückentwickelt." OStR Rudolph blickte in die Runde. Die Kommissare nickten ihm zu.

„Wie viele Seiten umfasst denn der Roman?", fragte HK Sawitzki leise.

„Naja, ich schätze, dass der Roman so 350 Seiten stark ist", antwortete OStR Rudolph.

„Das wären dann etwa 3 cm, und damit dürfte dieser Roman nicht in die Lücke passen", ließ sich HK Sawitzki vernehmen. Rudolph biss sich auf die Oberlippe. Langsam, als wolle er sich ständig vergewissern, dass er nun auf dem richtigen Pfad war, sagte er:

„Das kommt davon, wenn man sich an besondere Ereignisse erinnert und die weniger wichtigen unter den Tisch fallen lässt. Den Roman dürfte Simon wohl mitgenommen haben, als er nach Bremen umzog. Vor etwa sechs oder sieben Jahren haben wir die Indische Verteidigung behandelt und natürlich auch den Hauptvertreter, nach dem sie den Namen Nimzo-Indisch oder Nimzowitsch-Indische Verteidigung erhalten hat. Simon brachte uns eine englische Ausgabe des ersten Theoriebuches von Aaron Nimzowitsch, „Die Blockade", mit. Und das ist eher eine Broschüre als ein Buch. Das Bändchen hat etwa 70 Seiten und passt demnach in diese Lücke." Mit einem Blick auf seine Uhr verabschiedete sich OStR Rudolph von den Kommissaren.

„Jetzt muss ich mich aber sputen, sonst komme ich doch tatsächlich zu spät. Rufen Sie mich an, wenn Sie noch etwas wissen wollen!" Und bevor sich die Kommissare bedanken konnten, eilte er durch die Terrassentür nach draußen.

„Donnerwetter", war alles, was HK Ohlendorff noch sagen konnte. HK Sawitzki zog es vor, fürs erste gar nichts zu sagen.

Montag, 19.00 Uhr

Auf dem Weg zum Stern löste sich bei den Kommissaren die gedankliche Blockade.

„So habe ich den Oberrat noch nie erlebt", meinte HK Ohlendorff, „selbstkritisch und schnell. Dass er manchmal zum Abschweifen neigt, war uns ja nichts Neues, aber dass er so schnell umschaltet und das

Wesentliche letztlich nicht aus dem Auge verliert, war mir neu." HK Sawitzki starrte förmlich auf die Straße, so dass ihr Kollege schon annahm, dass sie ihm gar nicht richtig zugehört hatte. Als sie bei der Fußgängerampel am Hohnerkamp anhalten mussten, wagte er einen Blick zu ihr; im gleichen Augenblick drehte sie ihren Kopf in seine Richtung und sagte stockend mit heiserer Stimme: „Ich muss erst einmal darüber hinwegkommen, dass dieser nette junge Mann ein eiskalter Mörder sein soll. Außerdem dürfte Rudolphs Aussage allein wenig Bedeutung vor Gericht haben. Wir brauchen das Buch und das Motiv. Warum bringt ein junger Mensch seinen Vater um? Als Motiv kommt wohl kaum der Tod seiner Mutter in Frage. Das ist zu lange her." Hinter ihnen drückte jemand auf die Hupe.

„Grüner wird's nicht", lästerte HK Ohlendorff und HK Sawitzki drückte derart aufs Gaspedal, dass ganz kurz die Räder durchdrehten. Der HK verbiss sich jede weitere Bemerkung, so dass die Fahrt zum Stern weitgehend schweigsam verlief.

Im Stern gingen sie alle bisherigen Ermittlungen durch, kamen aber nur zu dem Ergebnis, dass eine gemeinsame Besprechung aller beteiligten Ermittler am nächsten Morgen standfinden sollte.

„Simon läuft uns nicht weg. Schließlich muss er davon ausgehen, dass wird ihm nicht auf der Spur sind." Mit diesen Worten verabschiedete HK Sawitzki sich von ihrem Kollegen.

HK Sawitzki kam ohne Umschweife zur Sache.

„Wir können davon ausgehen, dass alle Überlegungen, die direkt mit den Geschäften des Opfers zu tun hätten, beiseite gelegt werden können. Die verschiedenen Aussagen lassen nur den Schluss zu, dass Simon Schumann seinen Vater erschossen hat. Für eine Überprüfung auf Schmauchspuren ist es leider zu spät. Einen Durchsuchungsbeschluss werden wir bei dieser Beweislage nicht bekommen. Wahrscheinlich hat er die Waffe schon irgendwo entsorgt. Was können wir tun?" Die Körpersprache der anderen Kommissare zeigte, dass sie mit ihren Überlegungen auch nicht weiter gekommen waren. Schließlich hob HK Ohlendorff seinen Kopf, blickte in die Runde und räusperte sich, als sei er nicht sicher, dass ihm die Kollegen zuhörten.

„Wir haben bisher kein Motiv erkennen können. Wir wissen nicht, ob Simon mit der Absicht, seinen Vater zu töten, nach Hamburg gekommen ist. Es könnte sein, dass sein Vater aus uns nicht bekannten Gründen ihn gebeten hat hierher zu kommen. Ob die Initiative wirklich vom Vater ausgegangen ist oder vielleicht vom Sohn, können wir nicht mit Sicherheit sagen. Die Bestellung der Pizzen erfolgte gegen 18.45 Uhr, die Lieferung war für 20.30 Uhr vorgesehen. Es könnte also der Sohn den Vater angerufen haben, dass er etwa um 20 Uhr wegen irgend einer Sache von großer Wichtigkeit unbedingt nach Hause kommen müsse. Vermutlich hat sich der Vater gefreut, denn er hat ja eine Flasche Barbera d´Albi auf den

Tisch gestellt, immerhin ein Wein, der allgemein zu den besseren italienischen Weinen gerechnet wird. Diese Variante würde bedeuten, dass Simon spätestens 18.40 Uhr angerufen hat. Das würde reichen um mit der Bahn, sofern sie einmal wieder pünktlich sein sollte, gegen halb neun in Bramfeld zu sein."

„Die Variante, dass Simon seinen Vater angerufen haben soll, können wir außer Acht lassen", meldete sich Kommissar Winckelhof, „denn es gibt keinen Anruf Simons am Donnerstag an seinen Vater. Weder vom Handy, noch über das Festnetz hat es einen Anruf gegeben. Der einzige Anruf über Horst-Joachim Schumanns Telefone bezog sich auf die Bestellung bei Sole Rosso. Es bleibt eigentlich nur die Annahme, dass der Vater angerufen hat, aber wann? Sein Handy hat eine spezielle Vorrichtung, die verhindert, dass abgehende Gespräche zugeordnet werden können. Das heißt, dass niemand auf dem Display oder bei den Servern erkennen kann, woher der Anruf kommt. Die uns bekannten Gespräche der letzten Woche wurden ausnahmslos über das Festnetz geführt. Kein einziges ging zu Simon Schumann. Allerdings gibt es ein Gespräch vom Mittwoch, dass bei Simon unter „anonym" gespeichert wurde. Von wem dieser Anruf kam, können wir nur spekulieren. Es hilft nichts; wir müssen noch einmal Kontakt zu Simon Schumann aufnehmen und hoffen, dass wir in seine Wohnung eingelassen werden. Ich denke, dass Anke nach Bremen fährt, aber unbedingt mit Rückendeckung. Wir wissen nicht, wie Simon reagiert, wenn er sich in die Enge getrieben fühlt oder glaubt, dass wir ihm auf die Schliche gekommen sind."

Die Kommissare nickten zustimmend.

„Ich rufe jetzt bei Simon an und bitte ihn, heute noch ein Gespräch mit uns zu ermöglichen. Ich werde dabei auf die dubiosen Geschäfte des Vaters hinweisen; wir wissen ja, dass Simon mit diesen Merchants of Death nichts zu tun haben wollte. Da er mich schon kennt, dürfte es keinen besonderen Verdacht erregen, wenn ich mit ihm noch einmal sprechen möchte", sagte HK Sawitzki und fügte hinzu: „Am besten wäre es, wenn Emre mich begleitete."

Sie drückte die Kennnummer für Simon Schumanns Telefonnummer. Nach dem fünften Zeichen schaltete sich der so genannte Anrufbeantworter ein. Die HK nannte ihren Namen und bat um Rückruf. Dann versuchte sie es mit der Mobilfunknummer, doch eine Stimme „vom Band" erklärte, dass der Gesprächspartner im Augenblick nicht zu sprechen sei. HK Sawitzki wartete nicht einmal den Piepton ab, sondern legte den Hörer wieder in die Ablagemulde. Danach rief sie Polizeirätin Holtzkamp an um sie zu informieren und die Bremer Kripo in Kenntnis setzte. Während die Kollegen zum Frühstück in die Kantine gingen, ließ HK Sawitzki noch einmal alles Revue passieren und versuchte sich eine Gesprächsstrategie zurechtzulegen.

Dienstag, 10.00 Uhr

Die Kollegen hatten ihr Frühstück noch nicht beendet, als das Telefon in HK Sawitzkis Büroraum klingelte. HK Sawitzki nahm den Hörer ab und meldete sich.

„Schumann, guten Morgen, Frau Hauptkommissarin", ertönte die wohl bekannte Stimme, „ich habe über Fernabfrage Ihren Gesprächswunsch erfahren. Hat sich etwas Neues ergeben?"

Die Hauptkommissarin musste erst einmal schlucken: so schnell hatte sie nicht mit einer Antwort gerechnet.

„Guten Morgen, Herr Schumann, schön, dass Sie sich so schnell melden. Wir haben eine Fülle von Hinweisen erhalten und müssen nun die uns bekannten Fingerabdrücke und DNS-Spuren abgleichen, damit wir nicht hinter irgendwelchen für die Recherchen unwichtigen Spuren herlaufen. Will heißen, dass wir Spuren zuordnen um Personen ausschließen zu können. Außerdem möchten wir noch einige Ereignisse aus dem Leben Ihres Vaters klären; vielleicht können Sie uns dabei behilflich sein. Wir würden Sie auch gern zu einigen Gegenständen aus dem Haus Ihres Vaters befragen. Wenn es Ihnen recht ist, könnte ich zwischen 14 und 15 Uhr bei Ihnen sein. Ich denke, dass wir in etwa zwei Stunden fertig werden können."

Es dauerte einen kleinen Moment, bis Simon Schumann antwortete.

„Ich bin gerade aus einem Proseminar herausgekommen. 10 Uhr c.t. (cum tempore: ca. eine Viertelstunde nach 10 Uhr; Anm. des Autors) beginnt eine kolloquiale Vorlesung, die aber gegen 12 Uhr zu Ende ist. Ich esse dann noch etwas in der Mensa und müsste problemlos kurz vor Zwei in der Georg-Gröning-Straße sein." Es folgten die üblichen Floskeln und das Gespräch wurde beendet.

„Donnerwetter!", entfuhr es der HK, „als hätte er eine Rolle einstudiert. Entweder ist der junge Mann eiskalt oder er ist unschuldig und zugleich sehr naiv. Emre, kannst du uns mal eine passende Verbindung herausfinden?"

„Schon geschehen, verehrte Kollegin. Wir müssen nicht einmal hetzen. Christoph kann uns zum Rübenkamp fahren. Die S 1 braucht 16 Minuten zum Hauptbahnhof. Mit dem Dampfzug geht's dann ab 12.17 Uhr Richtung Bremen; Ankunft 13.12 Uhr. Wir können also noch einen kleinen Imbiss einschieben. Du hast ja nur eine Viertelstunde beim letzten Mal gebraucht."

„Danke, Emre. Ich sage unserer Rätin noch Bescheid."

Dienstag, 13.15 Uhr

Die beiden Kommissare hatten gerade den Zug verlassen und blickten sich suchend nach einem akzeptablen Imbiss um, als eine sonore Stimme sich vernehmen ließ.

„Nun, liebe Kollegin, hat es Ihnen so gut in Bremen gefallen, dass Sie schon nach vier Tagen wieder herkommen?"

HK Sawitzki drehte sich etwas verunsichert um, während HK Ohlendorff nicht so recht wusste, wie er reagieren sollte. Der ihr bekannte Kommissar lächelte, wie immer, ein bisschen spöttisch und zog leicht eine Augenbraue hoch. Bevor HK Sawitzki etwas sagen konnte, fuhr der Kommissar fort.

„Einen schönen guten Tag wünsche ich Ihnen. Wie ich sehe, haben Sie Verstärkung mitgebracht. Oder wollen Sie dem Kollegen nur Bremens Sehenswürdigkeiten zeigen? Bis zu den Stadtmusikanten und dem Roland braucht man auch nur 15 Minuten."

So langsam hatte sich HK Sawitzki wieder gefangen. Sie stellte Emre dem Kollegen vor. Der griff in eine Innentasche seiner Uniform und holte eine Visitenkarte hervor.

„Habe ich leider beim letzten Mal vergessen", sagte der Kommissar und gab Anke Sawitzki die Karte. „Rüdiger Stickan, Oberkommissar", stand darauf, ebenso eine Telefonnummer.

„Leider kann ich mich nicht revanchieren", erwiderte HK Sawitzki, „Hamburg muss an allem sparen", fügte sie mit einem leicht scherzhaften Unterton hinzu. „Wir sind nur dienstlich hier." Bevor HK Ohlendorff reagieren konnte, fuhr der Kommissar fort.

„Mein Arbeitsbereich ist im weitesten Sinne der Bahnhof. Der Altstadtwall begrenzt meinen Bezirk nach Süden, im Norden ist der Bürgerpark mit nebenliegenden Straßen die Grenze, so dass ich einen Teil der Universität betreue."

„Wir würden uns gern noch ein wenig mit Ihnen unterhalten, wollen aber noch eine Kleinigkeit essen, bevor wir unseren Zeugen in der Georg-Gröning-Straße aufsuchen", versuchte HK Ohlendorff das Gespräch zu beenden, was ihm aber nicht gelang. Der Kommissar ließ sich nicht aus der Ruhe bringen.

„Ich zeige Ihnen einmal ein kleines Lokal, das zwar relativ neu ist, trotzdem aber eine gewisse Atmosphäre hat, wie sie früher in vielen Kneipen vorhanden war. Reichliches Frühstück gibt es bis zum Nachmittag, und wer etwas Ordentliches zum Mittag braucht, bekommt einen preiswerten Mittagstisch."

HK Ohlendorff lag eine boshafte Bemerkung auf der Zunge. Der OK schien wohl des Öfteren hier einen Imbiss zu nehmen. Aber natürlich unterließ er diese kleine Spitze; sonst hätte der OK annehmen können, dass er vielleicht ein bisschen eifersüchtig auf ihn war. Emre Ohlendorff ärgerte sich über sein Gedankenspiel. Er wurde durch HK Sawitzkis Einwurf wieder zurück auf den Boden der Tatsachen gebracht.

„Wir haben noch eine knappe halbe Stunde", versuchte sie den Vorschlag abzuwehren.

„Null Problemo", meinte der OK scherzhaft, „die Bedienung ist schnell und das Lokal liegt auf dem Weg, so dass Sie keinen Umweg machen müssen. Wir gehen zum Nordausgang und von dort können Sie schon fast das Lokal mit dem französischen Namen sehen. Ich führe Sie hin."

Bevor die Hamburger Kommissare auch nur einen schwachen Versuch machen konnten das Angebot auszuschlagen, ging der OK schon leicht voraus, und es blieb ihnen nichts anderes übrig, als ihm zu folgen.

Dienstag, 13.45 Uhr

In der Tat hatte der Kommissar nicht zu viel versprochen: Sie benötigten drei Minuten bis sie zum Lokal gelangten. Am Tresen bestellten sie einen kleinen kalten Imbiss, der nach fünf Minuten kam und ausgezeichnet mundete. Dabei kam der bremische

Oberkommissar Stickan immer wieder auf den Fall zurück.

„Wie wäre es, wenn ich Sie begleitete, damit Sie gewissermaßen kollegiale Rückendeckung haben. Wer weiß, wie dieser junge Mann reagiert, sofern er der Täter ist."

HK Sawitzki blickte unschlüssig zu ihrem Kollegen; dieser nickte zustimmend, so dass HK Sawitzki dem bremischen Kollegen für seine angebotene Hilfe dankte.

„Ein bisschen Rückendeckung werden wir schon brauchen können. Immerhin muss Simon Schumann bei genauerem Nachdenken sich zumindest wundern, welchen Aufwand wir betreiben. Die bremische Kripo hätte einen Teil der Aufgaben übernehmen können. Im Zeitalter digitaler Übermittlungen wäre das ja durchaus möglich."

Dienstag, 14.30 Uhr

Auf dem Weg zur Georg-Gröning-Straße erzählte der Bremer Kommissar einiges Wissenswertes über Bremen, das während des Zweiten Weltkrieges ähnlich wie Hamburg zu einem großen Teil zerstört worden war. Während HK Ohlendorff sehr genau zuhörte, da ihn Geschichtliches interessierte, hatte HK Sawitzki kein Ohr für diese Stadtführung. Sie spielte in Gedanken alle Eventualitäten durch. Wie würde Simon Schumann reagieren, wenn gleich drei Beamte aufkreuzten? Hatte er wohl schon Überlegungen angestellt, ob man ihm auf der Spur war? Gefährlich war die Situation sowieso, da die Tatwaffe noch nicht gefunden worden war, sich also noch bei Simon befinden konnte.

„Was machen wir, wenn sich herausstellt, dass er uns erwartet?", fragte sie unvermittelt mitten in den Vortrag des bremischen Kollegen.

„Wir sind doch zu dritt, da wird er sich ausrechnen, dass er keine Chance hat", meinte OK Stickan.

„Er könnte aber bewaffnet sein und wir haben keine schusssichere Weste an", erwiderte HK Ohlendorff, der blitzartig wieder bei der Sache war. „Es könnte aber sogar sein, dass er gerade aus Verzweiflung über die völlig hoffnungslose Lage wild um sich schießt. „Vielleicht sollten wir das MEK anfordern."

HK Sawitzki widersprach ihm: „Simon Schumann ist kein professioneller Killer, der bewusst auf einen Polizisten schießt. Ich halte auch wenig von einer Verzweiflungstat. Er machte während der Befragung einen ziemlich gefassten Eindruck. Er wirkte regelrecht 'cool'."

Bei diesen Worten blickte sie zum Bremer OK, der gerade den Mund verzog, als gefalle ihm der Slangausdruck nicht. So ähnlich hätte wohl auch Wilfried Rudolph reagiert. Inzwischen waren sie in der fraglichen Straße angekommen.

„Durchladen sollten wir wohl und schussbereit sein ebenfalls", nahm HK Sawitzki das Heft des Handelns wieder an sich. Sie und HK Ohlendorff stellten sich derart vor der Eingangstür auf, dass sie sich nicht im Wege standen, falls es zu einer Schießerei kommen würde. OK Stickan stellte sich auf dem Bürgersteig so hin, dass die Sonne im Rücken war, damit ein Schütze geblendet wurde, wenn er auf ihn zielte. Es lief alles so ab, wie sie es in der Ausbildung gelernt hatten und wie es in ständigen Übungen wiederholt wurde. HK Sawitzki drückte auf den unteren Klingelknopf.

„Komme schon", ertönte Simon Schumanns Stimme von oben. Auf den Gesichtern der Kommissare war die Spannung zu erkennen. Es kam ja glücklicherweise selten zum Einsatz der Dienstwaffe, aber darauf vorbereitet musste man sein. Hatte eine Beamtin oder ein Beamter die Waffe gezogen, wurde dies im Protokoll sorgfältig niedergeschrieben. War ein Schuss gefallen, musste der Schütze sich beim Psychologischen Dienst melden. Die Kommissare hörten, wie der Riegel zurückgeschoben wurde. Dann drehte sich leicht knirschend der Türschlüssel und die Tür ging auf.

„Sie kommen ja gleich zu dritt", stellte Simon Schumann fest. Es sollte wohl ein wenig scherzhaft klingen, aber die Spannung, unter der Simon vermutlich stand, war deutlich zu bemerken.

„Gehen Sie ruhig voraus! Sie kennen ja den Weg."

„Herr Schumann, Sie gehen bitte langsam nach oben! Wir werden Sie dort festnehmen. Ich nehme an, dass Sie keinen Widerstand leisten werden. Notfalls würden wir auch die Waffen benutzen."

Simon Schumann nickte leicht und ging langsam mit seltsam schleppendem Schritt die Treppe hinauf. Schließlich waren alle vier in dem kleinen Zimmer angekommen. HK Ohlendorf gab dem Kollegen aus Bremen seine P 2000 und tastete Simon Schumann nach Waffen ab. Danach musste Simon Schumann auf dem Arbeitsstuhl vor dem Computertisch Platz nehmen. Jetzt erst entspannten die Kommissare ihre Waffen. Dann stellten sie sich so auf, dass es Simon Schumann unmöglich war aufzuspringen und zu fliehen oder irgendeine verborgene Waffe zu erreichen.

Nun erst ließ HK Sawitzki den üblichen Spruch ablaufen: „Ich nehme Sie vorläufig nach § 127 StPO fest wegen des Verdachtes Ihren Vater erschossen zu haben. Sie haben das Recht die Aussagen zu verweigern. Alles, was Sie jetzt vorbringen, kann gegen Sie verwendet werden. Sie haben ferner nach § 114b StPO das Recht einen Anwalt Ihrer Wahl zu benachrichtigen."

Im Zimmer war kein Laut zu hören. Simon Schumann saß auf dem Bürostuhl und zeigte vorerst keine Regung. HK Sawitzki blickte ihn an, rührte sich aber auch nicht. Nach etwa zwei bis drei Minuten, die HK Sawitzki wie eine kleine Ewigkeit vorkamen, hob Simon den Kopf und blickte HK Sawitzki in die Augen. Dann schluckte er, räusperte sich und fing mit seltsam rauer Stimme an zu reden.

„Ich bin froh, dass Sie gekommen sind. Sie brauchen mir keine Handfesseln anzulegen. Ich werde auch ohne Zwangsmittel mitkommen. Ja, ich habe meinen Vater erschossen. Aber es war ein Unfall. Auch wenn ich ihn gehasst habe und ihm manchmal den Tod gewünscht habe, so war er doch mein Vater."

Hier unterbrach HK Sawitzki ihn. Sie entnahm ihrer Handtasche ein kleines Gerät.

„Ich werde jetzt das Aufnahmegerät anschalten." Simon nickte zustimmend.

„Dienstag, 14.45 Uhr, Bremen, Georg-Gröning-Straße, Wohnung des Beschuldigten Simon Schumann. Anwesend HK Sawitzki und HK Ohlendorff, LKA 41 aus Hamburg und Oberkommissar Stickan, Bremen. Der Beschuldigte ist über seine Rechte aufgeklärt worden. Er verzichtet vorläufig auf Hinzuziehung eines Verteidigers. Er nimmt nicht das Recht auf Aussageverweigerung wahr. Herr Schumann, haben Sie alles verstanden?"

„Es geht schon in Ordnung", erwiderte Simon, „ich bin auch mit dem Ort der Vernehmung einverstanden. Ich bin froh, wenn ich alles hinter mich gebracht habe.

Mein Vater schickte mir letzten Montag eine Mail, mit der er mich dringend bat im Laufe der Woche nach Hamburg zu kommen. Er habe Wichtiges mit mir zu bereden. Es hätte auch mit finanziellen Dingen zu tun. In meiner Antwort bot ich ihm an, Donnerstag nach meiner Nachmittags-Vorlesung zu kommen, und zwar so gegen 19 Uhr. Ich erhielt prompt eine Rückmail: 'o. k.' Also ging ich direkt von der Vorlesung zum Bahnhof und erreichte etwa ein Viertel nach sieben mein Elternhaus.

'Schön, dass du da bist', sagte mein Vater trocken, 'komm' rein!' Er gab mir nicht einmal die Hand, sondern ging gleich vor ins Wohnzimmer. Es sah genauso aus wie bei meinem letzten Besuch. Die Bücher waren penibel sortiert, die CD- Sammlung ebenso. Alles machte, wie man so sagt, einen aufgeräumten Eindruck.

'Nimm Platz!', forderte er mich auf und wies auf einen Sessel, in den ich mich plumpsen ließ.

'Ich habe für uns Pizzen von „Sole Rosso" bestellt. Den Laden müsstest du eigentlich noch kennen. Einige deiner Freunde aus der Oberstufe haben sich doch ihr Taschengeld mit dem Auslieferungsjob aufgestockt. So gegen halb neun werden sie angeliefert. Ich habe auch einen leichten Roten geöffnet. ' Ich nickte nur und fragte mich, wozu er diese Einleitung gemacht hatte.

'Mal sehen, ob ich deinen Musikgeschmack noch erinnere', sagte er unvermittelt, drehte sich zur Musikanlage und drückte auf die Shuffle-Taste und anschließend auf 'Start'. Ich war ein bisschen überrascht, als Deep Purple loswummerte.

'Smoke on the water hast du wohl nicht erwartet', kommentierte er sich selbst. Ich konnte aber keinerlei Freude entdecken, sondern nur eine Art Zufriedenheit, dass er mich so gut zu kennen glaubte.

'Lass uns nach oben gehen!', fügte er hinzu und gab mir mit einer Handbewegung die Richtung an, als wüsste ich nicht mehr, dass im ersten Stock sein Arbeitszimmer lag. Der kleine Arbeitstisch war für zwei Personen gedeckt. Auf dem Schreibtisch stand ein Schachbrett, auf dem eine Partiestellung aufgebaut war. Daneben lag ein kleines Büchlein, mehr eine Art Broschüre.

'Nimzowitsch: Die Blockade', sagte mein Vater wie nebenbei. 'Du hast es dir einmal ausgeliehen und es später als dein Lieblingswerk bezeichnet, noch vor >>Schach mit Sherlock Holmes<< Aber das ist schon ein paar Jahre her.' Er schob mir das Büchlein zu und wies auf die Partiestellung. 'Nimzowitsch hat Schach durchaus als Krieg mit anderen Mitteln bezeichnet. In früheren Zeiten wurde Schach mit lebenden Menschen gespielt; wurde die Schachfigur geschlagen, verlor der Darsteller sein Leben. In einem dieser neuen Filme aus der Parallelwelt der Magier und Zauberer wird dies Motiv aufgenommen und der Held steht vor der Entscheidung, seine Welt vor dem Zugriff der bösen Mächte zu retten und dabei seinen Freund töten zu müssen. Aber das ist eine andere Geschichte, die nichts mit meinem Vorschlag zu tun hat. Nimm das Buch mit und lerne taktisch zu denken, nicht unbedingt moralisch. Ich will jetzt ohne weitere Umschweife zur Sache kommen. Du fragst dich sicherlich, warum ich die Einladung so dringend gemacht habe. Nun, ich werde meine Geschäftstätigkeit bald beenden. Mein Gesundheitszustand ist nicht besonders gut. Und ich wünsche mir, dass du mein Geschäft fortführst. Es ist nicht mehr so viel wie früher, reicht aber für ein weitgehend sorgenfreies Leben.'

'Das ist nicht dein Ernst', entgegnete ich, 'du weißt doch. Dass ich nichts mit diesem Merchants of Death zu tun haben möchte. Setze dich meinetwegen zur Ruhe, aber verlange nicht, dass ich diese amoralischen Geschäfte mitmache!' Mein Vater stand auf und ging zum Aktenschrank. Er nahm aus der Hosentasche einen Sicherheitsschlüssel, öffnete eine Schublade und holte eine Pistole heraus. Langsam ging er um den Tisch herum, setzte sich auf den Stuhl und legte die Waffe auf den Tisch.

'Diese kleine Pistole ist vollkommen unschuldig an dem, was die Menschen mit ihr machen. Sie kann der Verteidigung dienen, aber auch zur Ausführung eines Verbrechens. Viele tausend Arbeitsplätze hängen von der Produktion ab. Und auch du hast von ihr profitiert. Wovon stammt denn das Geld, das du jeden Monat auf deinem Konto findest?' Er sah mich ernst an. Erst jetzt bemerkte ich, dass er seit unserem letzten Treffen deutlich gealtert war.

'Aber das ist doch nur die halbe Wahrheit. Wenn Kain keinen Stein zur Hand gehabt hätte, wäre Abel am Leben geblieben. So endete ein einziger Schlag sein Leben und Kain trug die Sünde in die Welt hinaus.'

'Gut gekontert, mein Sohn. Du übersiehst aber, dass das Geschäft auch ohne dich liefe. Ich habe unter meinen Geschäftspartnern einige, die diesen relativ geringen Bereich gern übernähmen, aus welchen Gründen auch immer.'

'Ich werde nicht auf dein Angebot eingehen', erwiderte ich. 'Wenn dein Geschäft, wie du es euphemistisch bezeichnest, von anderen übernommen wird, werde ich mit BAFöG und Jobs über die Runden kommen.' Mein Vater sah mich, wie es mir schien, spöttisch an. Er ergriff die Pistole und hielt sie sich an die Schläfe. Dann legte er sie wieder auf den Tisch, und zwar so, dass der Griff zu mir zeigte.

'Du bist doch nur feige, das ist alles. Schon als Junge hast du dich geweigert eine Luftpistole in die Hand zu nehmen. Du bist fast wie deine Mutter. Es ist wie ein Witz, dass sie meinetwegen sterben musste. Der Anschlag galt mir und sollte eigentlich eine letzte Warnung sein, mich aus bestimmten Geschäften herauszuhalten. Dass der Wagen ins Schleudern geriet und somit quer gegen einen Baum prallte, war ein unglücklicher Zufall. Ich habe deshalb meine Tätigkeiten heruntergefahren, denn ich wollte nicht, dass du zu Schaden kommen könntest.' Mit diesen Worten beugte er sich nach vorn und schob mir die Pistole zu.

'Nimm sie in die Hand und du wirst feststellen, dass nichts Dämonisches von ihr ausgeht! Sie ist nur eine Art Werkzeug, vergleichbar einer Drehbank oder einem Bolzenschussgerät. Erst der Mensch bestimmt, wofür das Werkzeug eingesetzt wird.' Ich konnte nichts erwidern. Ich hatte das Gefühl wie beim Betrachten einer Szene aus einem Prozess gegen Kriegsverbrecher. Sie waren entweder nur Handlanger oder standen unter dem Befehl eines Ranghöheren. Das Schlimme war, dass in diesem Zimmer ein fast unwirkliches Geschehen ablief. Die Gegenwart der Waffe gab dem Ganzen eine gewisse Faszination. Ich beugte mich ebenfalls vor und nahm die Waffe in die Hand. Das kalte Metall lag in meiner Hand. Wie viel Erfindungsreichtum und Präzisionsarbeit steckten in diesem unscheinbaren Gegenstand! Und dennoch hatte er nur eine Aufgabe: Töten!

'Los!', rief mein Vater, 'ziele auf mich! Das ist so einfach. Überwinde deine Schwäche!' Wie in einem Albtraum hob ich die Waffe und zielte auf meinen Vater, der mich angespannt anblickte, halb Mensch und halb Dämon.

'Drück' ab!', rief er. Aus dem Wohnzimmer dröhnte stakkatohaft Deep Purple's Fireball. Und ich drückte ab. Ein ohrenbetäubender Knall machte mich halb taub. Was hatte ich getan? Warum hatte mein Vater die Waffe geladen, gespannt und entsichert auf den Tisch gelegt? Er musste dies ja vor meiner Ankunft getan haben. Aber warum? Ich starrte auf seine

Stirn, wo ein kleines Loch den Weg der Kugel anzeigte; ein winziger Blutstropfen rann langsam zur Na-
senwurzel. Wie von Sinnen griff ich das Schachbuch
und wollte nach unten rennen, als absolute Stille eintrat. Fireball musste durch die Shuffle-Einstellung das
letzte Stück gewesen sein. In die Stille hinein rief jemand:

'Hallo, Pizza-Service!' Vorsichtig schlich ich die
Treppe hinunter. Mit einem Male war ich eiskalt. Ich
sah eine Gestalt, offensichtlich der Pizza-Lieferant, in
die Küche hineingehen. Ich huschte den Flur entlang.
Als ich fast an der Küchentür stand, machte der Pizza-
Bote einen halben Schritt rückwärts und beugte sich,
vermutlich um die Lieferbox abzustellen. Als er sich
wieder aufrichtete, schlug ich mit der Waffe auf seinen Kopf. Er knicke sofort in den Knien ein und ich
konnte ihn gerade noch auffangen, so dass er nicht
mit dem Kopf auf den Fußboden knallte. Irgendwie
kam mir der junge Mann bekannt vor, ich wusste
aber in diesem Augenblick nicht, woher. Ich lief
durchs Wohnzimmer, blickte nicht nach links oder
rechts, sprang förmlich durch die offene Terrassentür
nach draußen und lief, als sei die Hölle hinter mir her,
davon. Ich kam erst wieder zu mir, als ich die Berner
Chaussee erreichte. Ich bog in den kleinen Weg Richtung Heidstückenkehre ab und warf die Pistole in den
Löschteich. Dann ging es weiter, bis ich zum Farenkrön gelangte. Als ich die Polizeiwache sah, versuchte
ich ganz normal zu gehen. Am Bramfelder Dorfplatz
wartete ich dann auf den nächsten Bus. Wie ich es
schaffte, ohne aufzufallen bis hierher zu kommen,

weiß ich nicht mehr." Simon sackte bei diesen Worten langsam in sich zusammen.

Es dauerte eine Weile, bis sich die Kommissare aus der angespannten Atmosphäre befreien konnten. OK Stickan telefonierte mit dem Bremer Polizeipräsidium und bat um Ingewahrsamnahme eines Verhafteten. Simon Schumann sprach kein einziges Wort mehr. Nachdem er von der Bremer Polizei abgeholt worden war, begaben sich die Kommissare aus Hamburg wieder zum Bahnhof, wo sie sich von ihrem Bremer Kollegen verabschiedeten. Die Bahnfahrt verlief schweigend.

Nachtrag: einige Wochen später

Simon Schumann wurde nach einem relativ kurzen Prozess freigesprochen. Auch die Staatsanwaltschaft hatte auf Freispruch plädiert, da es sich weder um fahrlässige Tötung (§ 222 StGB), noch um fahrlässige Körperverletzung (§ 229 StGB) handele, da Simon Schumann nicht davon hätte ausgehen können, dass die Pistole schussbereit gewesen wäre.